MAFIAVERSO

By RachelRP

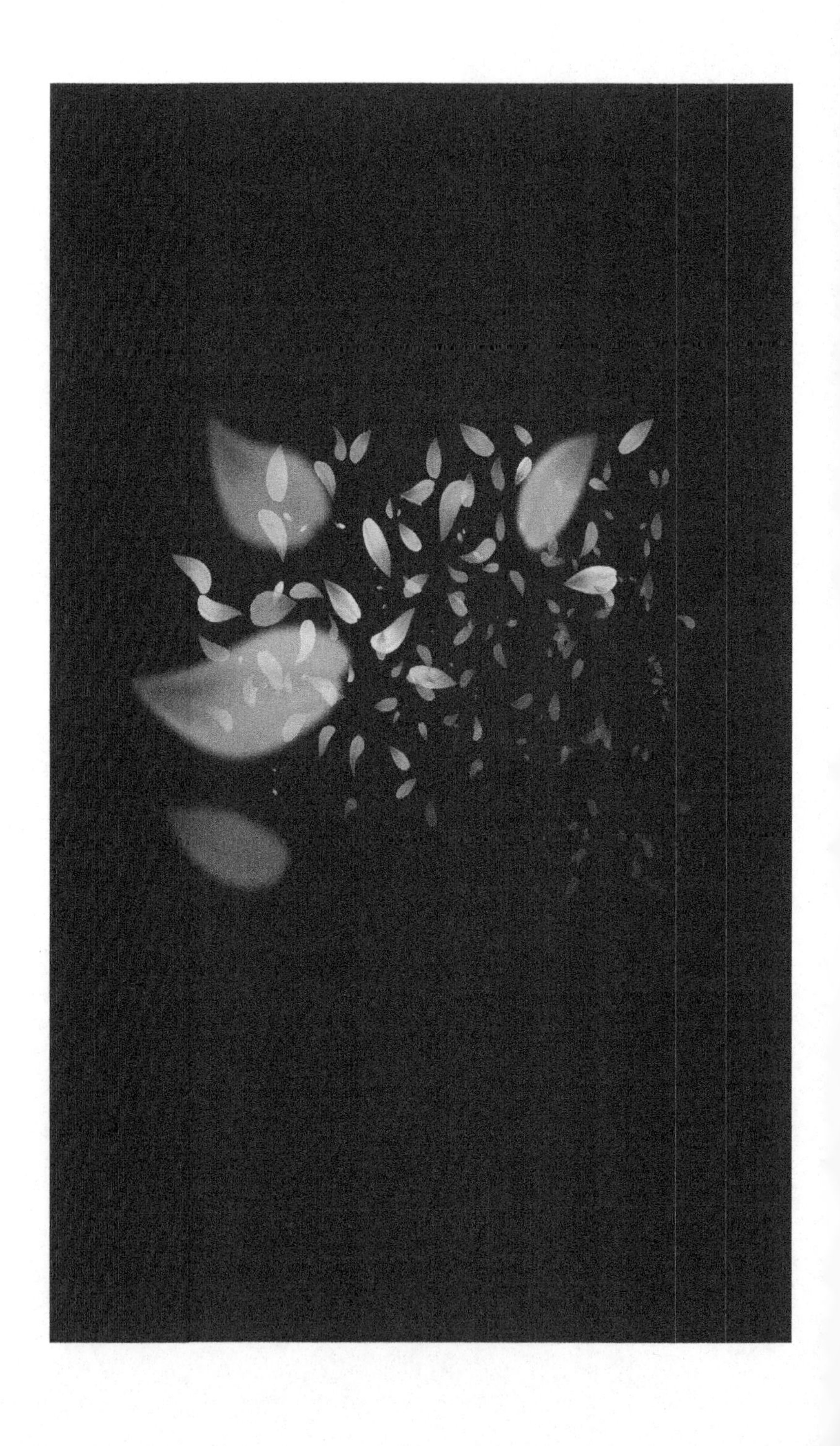

VOTOS letales

SERIE HEREDERAS DE LA MAFIA

RACHEL RP

Título: Votos letales

Primera edición: 2024
Diseño de cubierta: Luce G. Monzant
Maquetación: RachelRP
Corrección: Nia Rincón

ISBN: 9798336866667

RachelRP

Puedes encontrarme en:

Hermanas Farnese

Capítulo 1

Seren

Ser mujer en la mafia es complicado, sobre todo si hablamos de la tradicional, la que no ha cambiado en décadas, la que todavía cree que los hombres son el centro del universo y nosotras estamos para sacarles brillo a la punta de su…

En fin, puede que sea así el mundo en el que me he criado, pero no lo será en el que lo hagan mis hijos e hijas, si es que llego a tener. Todavía no tengo claro que la maternidad sea para mí, y menos si no puedo cambiar las cosas.

Me levanto con cuidado para no resbalarme con la sangre del hombre al que acabo de diseccionar. Siempre me ha llamado la atención el interior de los cuerpos humanos, todos son iguales a simple vista. Los órganos en el mismo sitio, los músculos en los lugares adecuados… Lo que los diferencia es el tono de rojo de su sangre. Sí, a simple vista parecen todos iguales, pero no lo son, los que no tienen alma, o es tan negra que no puede ser posible que esté viva, tienen una de un tono más oscuro. Como si eso dejara ver lo podridos que estaban.

Como este que tengo aquí delante. Sabino Vilare. Un ser cruel que no solo maltrataba a su mujer, también lo hacía con las prostitutas a las que adiestraba para mi padre.

—Seren.

La voz de mi hermana hace que me gire y le sonría. Me llevo apenas dos años con ella y es mi mejor amiga.

—Ya he acabado —le cuento mientras me hago a un lado y trato de no mancharme demasiado el mono de la moto.

—¿Aún sigues con tus teorías del alma? —pregunta Ori, mirando el pequeño corte en mi mano.

Asiento y ella rueda los ojos.

No me juzga, no me trata de loca, aunque probablemente alguna conexión en mi cerebro falle. Ella solo se preocupa de que la cosa no vaya a más.

—¿Y cuál es el resultado? —inquiere, curiosa.

Me agacho de nuevo y pongo la mano al lado del pecho abierto de Sabino. Mi sangre es de un tono rojo brillante mientras que la de él es más oscuro.

—Bien, sigues teniendo opciones de ir al cielo —se burla mi hermana, y le saco la lengua.

Sé que le preocupa que me haga estos cortes para comparar el tono, pero tengo miedo de convertirme en uno de ellos, uno de estos seres sin alma que han perdido el corazón.

Puede sonar algo loco teniendo en cuenta que el cuerpo que tengo a mis pies ha muerto por mis manos, pero siempre hay una razón por la que hago que mi escalpelo trabaje con precisión. En este caso, ha sido por el bebé que nunca nacerá debido a la paliza que le dio a su mujer. Con suerte, podrá volver a tener un marido y, con mucha más suerte, podrá decidir quién quiere que sea.

—Nos vamos —murmuro, mirando el reloj. Es medianoche y los guardias de casa van a cambiar, es nuestro momento para entrar sin ser vistas.

Me subo a mi moto y Oriana a la suya. Nos ponemos los cascos antes de salir del almacén abandonado. No hay cámaras por aquí, aun así, usamos varios vehículos para llegar a casa, y aprovechamos el trayecto del coche para cambiarnos por ropa de fiesta. Si nos llegan a pillar diremos que nos hemos escapado a una discoteca, en la cual hay un par de chicas muy parecidas a nosotras y con la misma ropa que llevamos ahora. No hay nada que el dinero no pueda comprar, incluso a tu propia doble.

Logro meterme en la cama sin ser descubierta, Ori también. Todas dormimos en la misma planta, la segunda. Mi padre ocupa toda la tercera. Allí tiene su despacho y sus habitaciones. Tiene varias porque trae a más de una mujer haciéndole creer que es la única. Estúpidas ilusas, solo hacen falta un par de neuronas para ver que, si un hombre de cincuenta quiere acostarse contigo a escondidas y tienes la edad de su hija menor, no es para hacerte su esposa precisamente.

La mañana llega pronto, y cuando suena el despertador quiero apagarlo y seguir durmiendo. El bajón de adrenalina me deja muerta. Sin embargo, hoy no puedo holgazanear, tengo un lugar al que ir antes de comer con mi padre.

Me levanto y reviso el corte de mi mano. Es poco profundo y pequeño, una tirita bastará. Si alguien pregunta puede pasar por un accidente de cocina. Sí, estoy aprendiendo a ser una buena mujer porque dentro de un mes es el cumpleaños de Fiorella; eso significa que la búsqueda de mi marido empezará.

Me visto y salgo sin desayunar. Me detengo con mi Mini en una pastelería que mi madre adoraba y cojo algunos dulces, además de un batido de fresa para llevar.

Hoy el sol brilla y disfruto de la primavera, que ya comienza a hacer que el paisaje de Palermo se vuelva verde y los cielos azules. Al llegar al cementerio de Sant'Orsola, aparco y cojo la bolsa de dulces. Me dirijo directa a la tumba de mi madre, aunque no sin antes pasar por la de varias mujeres de hombres de la mafia que, como ella, fueron relegadas a este cementerio y no al de Santa Maria di Gesù ya que murieron jóvenes.

Cuando por fin me siento a un lado de la lápida, respiro hondo. Los pájaros cantan y la marcha del fresco del invierno nos ha dejado una brisa más cálida que me gusta disfrutar. Los días así me gusta estar al aire libre. Todavía no hace demasiado calor y puedes estar con una camiseta de manga larga fina sin pasar frío.

—Hola, mamá, sé que ha pasado un tiempo, pero he estado ocupada —comienzo a decir mientras saco de mi bolso de diseñador un inhibidor de señales.

No sería la primera vez que la Policía consigue información debido a micrófonos puestos sin escrúpulos en lugares santos como este.

—Hemos logrado liberar a otra más. Esta vez me ha venido bien que un tarado que trae a la Policía de cabeza asesinara con cuchillo; cuando encuentren el cadáver, todo apuntará hacia él.

Saco un cannoli y le doy un bocado. Me limpio con la servilleta marrón que hay dentro de la bolsa y le doy un sorbo a mi batido.

—Hoy papá quiere hablar conmigo, y sé que me va a decir que queda un mes para empezar a buscarme marido. Sabes, me da un poco de rabia que, sabiendo la tradición que pesa en las mujeres de nuestra familia, decidieras tener cuatro hijas.

—Es precisamente por eso que lo hizo —escucho tras de mí, y me sobresalto.

Veo a sor Simonetta aparecer por un lateral y le sonrío. Es una mujer que debe tener al menos cien años, aunque su agilidad es de una de sesenta y su espíritu de una de treinta.

—¿A qué te refieres? —le pregunto, y ella mira la bolsa que tengo en mi regazo.

Sí, sor Simonetta es igual de golosa que yo. Saco otro cannoli y se lo entrego. Le da un bocado antes de contestar, porque supongo que para ella el tiempo ya es relativo a esta edad mientras que para mi generación es todo ahora y ya.

—Tu familia viene de una larga tradición italiana dentro de la Cosa Nostra. Los Farnese sois parte de esto desde hace generaciones.

—Lo sé.

Mi padre incluso renunció a su apellido y se puso el de mi madre, ella se llamaba Amellia Farnese.

—Es difícil ser mujer en nuestro mundo —continúa—, no podemos elegir con quién casarnos a menos que sea con Dios.

Su revelación me sorprende, no sabía que sor Simonetta era miembro de una familia de la mafia. Suponía que estaba al tanto de que nosotras lo éramos, pero no que ella misma provenía de una.

—Es por eso que tu madre hizo lo único que se le ocurrió, tener tantas hijas como pudiera para daros tiempo de encontrar un camino en vuestra vida. Tú tienes veintiséis, y gracias a esto has podido disfrutar de seis años más que la mayoría de tus amigas antes de casarse.

En eso tiene razón. Nunca lo había visto de esa manera. Mi madre nos compró tiempo, aunque no sé cómo estaba tan segura de que seríamos todo niñas. Igual simplemente el destino jugó una mala pasada a mi padre, que buscaba un varón como descendiente, el cual nunca tuvo.

—¿No hay manera de librarse del matrimonio? —pregunto esperanzada.

Toda mi vida he sabido que me casaría con alguien adecuado al que, con suerte, no odiaría, sin embargo, eso no lo hace mejor. Podría decidir no seguir las normas, pero eso significaría que estoy fuera de la familia, por lo tanto, la muerte está asegurada.

Hace años Ori y yo trazamos un plan. Podríamos matar a nuestro padre, pero no sería suficiente, es probable que con eso lo único que consiguiéramos es que el capo nos casara con patanes que quieren nuestro apellido. Así que nuestra mejor opción es conseguir que nuestros maridos nos apoyen para hacer caer a mi padre. Sabemos que no será fácil y que no nos va a gustar lo que tendremos que hacer para conseguirlo, pero es el único modo de librarnos de él sin que haya consecuencias sobre nosotras cuatro.

—Tu madre buscó mil formas y ninguna era lo suficientemente buena como para tomarla en cuenta. Aunque sí que logró que su padre, tu abuelo, hiciera algo por ella antes de morir.

—¿El qué?

—Al ver que no iba a tener hijos varones, tu madre convenció a tu abuelo de que todos los negocios que manejaba tu padre fueran dados como dote a vuestros maridos.

—¿Cómo?

Eso no lo había oído jamás.

—Es algo con lo que supongo que tu padre ya cuenta, y no dudo de que los hombres a los que quiera para vosotras le sean leales.

Mierda, eso jode nuestros planes.

—Pero no entiendo a qué te refieres exactamente.

—Para evitar que tu padre tuviera hijos y les pusiera el apellido Farnese sin tener sangre de la familia, tu abuelo le obligó a firmar un acuerdo por el cual entregaría uno de los negocios a cada uno de sus yernos. Él seguiría cobrando una buena cantidad de cada uno, solo que no estaría al mando. Y dichos negocios pasarían a vuestros hijos varones.

—Joder —murmuro, y sor Simonetta asiente sonriendo.

Seguimos hablando durante un rato, y para cuando me quiero dar cuenta voy tarde para comer con mi padre. Me despido y salgo de allí tan rápido como mis tacones me lo permiten. Cuando entro al coche, lo llamo para hacerle saber que llego justa.

—Estaré en diez minutos —le aseguro en cuanto descuelga.

—No me interesa, te dije una hora y no estás —lo dice en un tono que hace que me estremezca—. Al menos, dentro de un mes ya no serás mi problema.

—¿Qué quieres decir?

—Que el día del cumpleaños de tu hermana no solo celebraremos sus veinte, también haré una subasta para encontrarte un marido.

Capítulo 2

Nicola

Si hay algo que me jode en esta vida es que me tomen por idiota. Prefiero que me peguen un tiro. Ahora mismo estoy en Mónaco, detrás de la pista de un gilipollas que ha pensado por un momento que podía engañarme y salirse con la suya.

—Está en la mesa de los dados —me indica mi primo Roma, a mi lado.

Por supuesto que está ahí, es un juego para tontos. No hay una estrategia ni una forma de ganar más allá de la suerte.

—Tiene a sus dos guardaespaldas con él —le señalo a mi primo, y ambos observamos a los tipos que lo acompañan.

«Gorilas» sería la mejor descripción para esos dos. Si algo he aprendido a lo largo de mi vida es a juzgar a las personas. El hombre al que persigo es un niño rico que se ha escondido detrás de los pantalones de su padre toda su vida. No ha ganado ni un solo euro de los que se gasta y, por supuesto, no ha hecho nada de provecho en esta vida. No trabaja, no estudia. Solo va de fiesta en fiesta provocando incendios que su padre tiene que apagar. Esta clase de personas se creen intocables. A veces, por desgracia, lo son. Aunque no para mí. Y a este hoy se le acaba la suerte.

—El dueño del casino es amigo mío de la universidad —le explico a Roma mientras seguimos mirando hacia la mesa de dados—, le he pedido que sea discreto y me ayude a sacar de aquí a nuestro «amigo».

—Joder, Nico, tienes compañeros en todos lados.

—Hasta en el jodido infierno.

Vemos como una mujer preciosa vestida con el uniforme del casino se acerca al idiota y le susurra algo al oído. Él sonríe como si le fueran a comer la polla ahí mismo y no duda en deshacerse de la rubia de tetas grandes que ha estado robándole fichas toda la noche sin que se diera cuenta. Debe haberle sisado al menos cinco mil euros.

—Lo llevan a una de nuestras salas —comenta tras nosotros Liberto, el dueño del casino.

—Gracias, no me gusta llamar la atención.

—Lo sé. ¿Lo vas a matar? —pregunta, y por mi cara seria prosigue—. No me quiero meter en tus asuntos, es solo por llamar al equipo de limpieza que tengo.

Sonrío. Liberto es así de eficaz y discreto.

—Si lo necesito te lo haré saber.

—Bien, a la primera limpieza invita la casa. Las siguientes llevan un coste. —Me guiña un ojo y asiento.

También es un hacha de los negocios y seguro que su coste no será accesible a cualquiera.

Nos indica por dónde tenemos que ir para reunirnos con mi recién estrenado amigo, el cual ahora está en una sala insonorizada y con sus dos gorilas inconscientes en el suelo.

—¡Estáis muertos! —grita en cuanto Roma y yo entramos—. No tenéis ni idea de con quién os habéis metido.

Ambos nos reímos, lo cual hace que la cara de rabia de mi «amigo» se torne en una mueca de confusión.

—Sé quién eres, quién es tu padre, tu abuelo e incluso tu bisabuelo —le digo mientras me siento en una mesa metálica que hay junto a la pared.

Él se queda de pie y da un par de pasos hacia atrás.

—Y tú, ¿sabes quiénes somos? —pregunta mi primo, y la cara del idiota me dice que no tiene ni idea.

—¿Os manda Giulio? —inquiere, tratando de averiguar por qué lo estamos reteniendo.

Por lo visto, no somos a los únicos a los que ha cabreado.

—No, me llamo Nicola Baglioni y este es mi primo, Roma Provenzano. Por la pérdida de color de tu cara creo que ahora ya sabes quiénes somos.

—Yo... yo... señor Bagli...

—Odio cuando balbucean —murmura Roma—, por favor, no te vayas a mear encima, es horrible ver a un adulto hacer eso.

—Siéntate —le ordeno, y como un buen perro lo hace.

Me saco un par de guantes de cuero negro, llevan años conmigo y su tacto es suave, son cómodos y de gran calidad, han aguantado decenas de palizas y lucen como el primer día.

—Mi padre os pagará todo —asegura, y me río.

—He hablado con tu padre, un hombre de negocios brillante. Está harto de que gastes su dinero y no valgas para absolutamente nada. Eres un jodido peso muerto.

—Buen juego de palabras —se burla Roma.

—No te va a financiar nada más, así que estás solo en esto, dime, ¿cómo vas a pagarme los cien mil que me debes?

Se queda callado y veo que está a punto de ponerse a llorar. No soporto a los lloricas. Prefiero que me insulten o que traten de salir de esto mintiendo, al menos eso demostraría algo de capacidad intelectual.

—Verás lo que va a pasar ahora —comienzo a explicarle—. Voy a darte una paliza durante cuarenta minutos. Es lo que he hablado con tu padre. Si lo hago, él me va a dar mi dinero. Por lo visto, también cree que necesitas aprender una lección.

—Por suerte para ti, parece quererte porque nos ha pedido que no te matemos —interviene Roma—, aunque no ha dicho nada de que no podamos mutilar, ¿no?

—*Nop*.

Roma y yo sonreímos y el tipo tiembla.

—Puedo pagaros, os lo juro, necesito un poco de tiempo y os conseguiré el dinero, el doble si queréis.

Miro a mi primo y se encoge de hombros. Lo hemos investigado y no tiene nada que nos pueda ofrecer que valga eso. Sus negocios son una mierda mal llevada y todo lo que posee está a nombre de su padre.

—¿Cómo, exactamente, vas a hacer eso? —pregunto curioso.

—Me voy a casar, mi futura mujer tiene dinero, es una Farnese.

Roma y yo nos miramos. Los Farnese son una de las familias más antiguas de la Cosa Nostra. No los conozco en persona, pero su reputación les precede, al menos hasta el actual cabeza de familia, Tullio Farnese. El hombre cambió su apellido por el de su mujer al casarse, pero eso no te hace un Farnese de verdad, y lo mal que maneja todo lo deja claro.

—No veo que estés comprometido en ningún lado —dice Roma con el móvil en la mano.

Sé que ha revisado la información mientras yo estaba pensando.

—Todavía no lo estoy, pero lo estaré en un mes, voy a ganar la subasta.

Las palabras que salen de la boca de este idiota me confunden hasta un punto que me giro para que no me vea la cara que debo estar poniendo en este momento.

—Explícate —le exige mi primo.

—En un mes es el cumpleaños de la menor de las cuatro hermanas, esa misma noche, el señor Farnese va a subastar la mano de su hija.

—¿En serio? —interrumpo alucinando.

—Solo un grupo selecto está invitado a esa subasta, y yo soy uno de ellos. Si me das un poco de margen, puedo ganarla y conseguir tu dinero, incluso podemos ser socios en un futuro si consigo las armas.

—¿Cómo que si consigues las armas?

Cada vez estoy más confundido con toda esta situación. Roma, a mi lado, no deja de teclear en su teléfono, no lo interrumpo, si está así es porque se le ha ocurrido algo.

—Los Farnese dirigen los cuatro grandes negocios: drogas, armas, prostitución y lavado de dinero —comienza a explicar, y asiento—. Como no ha tenido hijos varones con la Farnese de sangre, se decretó que al cumplir la menor de las hermanas veinte años la mayor debía casarse. Una mierda patriarcal rara si me preguntas.

—No lo he hecho —gruño.

—La cosa es que no solo es una boda, es una entrega de poder. Un negocio a cada hombre que se case con una de las herederas Farnese.

—¿Así que Tullio casa a sus hijas y les da uno de los negocios a cada uno de sus yernos? —pregunto, tratando de ver si lo he entendido.

—Sí, él seguirá obteniendo beneficios, pero la siguiente generación será quien tenga el control. De esta manera se aseguran de que el negocio se queda en la familia de sangre.

—Increíble —murmuro mientras asimilo todo lo que acabo de descubrir.

Uno de los gorilas del suelo parece que comienza a despertarse y, sin pensarlo, le doy una patada en la cabeza; golpea la alfombra de nuevo.

—Por eso estoy seguro de que puedo devolverte el dinero —dice el tipo, esperanzado.

—¿Y cómo estás tan seguro de que vas a ganar la subasta?

—Porque los otros que están en la lista no tienen tanto dinero como mi padre, además, Tullio no me conoce y, aun así, me ha metido en la subasta; está claro que me quiere en la familia.

—¿En qué piensas, Nico? —pregunta Roma, que me conoce demasiado bien.

—No sé, quizás deberíamos ir a esa fiesta de cumpleaños.

Mi primo sonríe.

—Suponía que ibas a decir eso y tengo una invitación, puedo llevarte de acompañante.

—¿Cómo que tienes una invitación?

—Es una de esas mierdas que me mandan por mi apellido, a pesar de ser la oveja negra, sigo siendo un Provenzano. Entonces, ¿confirmo que voy con un acompañante?

—No, irás solo, yo tengo mi propia invitación.

—¿Tú?

—Sí, aunque esa noche no seré Nicola Baglioni.

Miro al tipo delante de mí y Roma sonríe, entendiendo todo.

—Encantado de conocerte, Cesare Almiglio —se burla.

—Oye, ese es mi nombre —se queja el tipo de la silla.

Le doy un puñetazo y comienzan mis cuarenta minutos de desahogo con él mientras pienso en lo que me voy a poner para conocer a mi futura mujer.

Capítulo 3

Seren

Me retoco el labial, mi rosa de Esteé Lauder favorito hace que me sienta poderosa. Miro de arriba abajo la imagen que me devuelve el espejo y sonrío, hoy es la noche en la que mi «adorable» padre va a subastarme como si fuera una vaca, así que tengo que lograr que el ganadero que me consiga sea un pelele al que pueda manejar.

—Papá va a ganar mucho dinero contigo —suelta Ori mientras entra en mi habitación seguida de mis otras dos hermanas.

Nella y Fiore me miran sin entender cómo puedo ser parte de esto sin quejarme. Ellas no están al tanto de lo que Ori y yo hemos planeado desde hace años. Mi misión empieza hoy, buscar un marido al que pueda manipular y esperar a que Ori haga lo mismo. Después de eso lograremos hacernos con el control de los negocios, siempre en la sombra, por supuesto, y acabaremos con nuestro padre librando así a las pequeñas de tener que atarse a un hombre que no aman por el resto de sus vidas.

—Estás preciosa —murmura Nella, y le sonrío.

Fiore baja su mirada y sé lo que pasa por su cabeza sin que tenga que decirlo.

—No es tu culpa, lo sabes, ¿no? —le digo, llegando hasta ella y haciendo que me mire a los ojos.

—Si yo hubiera hecho algo… quizá hoy…

—No hay nada que puedas hacer, papá simplemente te habría dejado encerrada, eliminado la parte de celebrar tu cumpleaños y seguido con la subasta —le aclaro.

Sé que lo sabe, pero también tengo claro que necesita escucharlo en voz alta.

—Y puede que ocurra un milagro y encuentres al amor de tu vida, ¿no? —pregunta Fiore, mi romántica literaria empedernida.

—Puede ser, aunque prefiero que sea él quien se enamore para poder manejarlo como es debido —me burlo, y Ori me guiña un ojo.

—Bueno, será mejor que bajemos, ya están todos esperando a la cumpleañera, y si tienen que venir a buscarnos…

Nella no termina la frase, pero no es necesario. Si nos tienen que venir a buscar es probable que la cosa no acabe bien; para mi padre las apariencias son lo más importante, y hacerle quedar mal delante de toda la *famiglia* es imperdonable.

—Antes que nada, vamos a darte tu regalo —replico mientras voy a mi armario y saco una caja rosa con un lazo plateado.

La dejo encima de la cama porque pesa y todas miramos a Fiore expectantes. Ella se acerca, y cuando abre la tapa tiene que taparse la boca para no soltar un grito. Es una edición especial de ACOTAR. No es de las que encuentras en una librería. Los cinco libros que tiene delante han sido vueltos a encuadernar con unas tapas mucho más bonitas, usando las frases favoritas de mi hermana en la contraportada y con cantos dibujados. Si junta los tres primeros forman Velaris. No soy fan de la fantasía, sin embargo, cuando nos habla de ese lugar me encantaría vivir allí. El cuarto libro tiene símbolos dibujados y en el último sale su personaje femenino favorito, Nesta.

—¿De dónde habéis sacado esto? —pregunta mi hermanita pequeña emocionada mientras los mira en detalle.

—Tengo una amiga que tiene una prima que estudió con una chica que hace unos vídeos en TikTok de esto —le explica Nella—, le pedí que nos hiciera algo especial.

—Pues lo ha conseguido —murmura Fiore emocionada.

Abraza los libros contra su pecho y después lo hacemos todas juntas. Puede que mi madre nos dejara siendo muy jóvenes y que mi padre sea el mayor cabrón de la historia, pero si las tengo a ellas, si nos tenemos las cuatro, el mundo puede arder porque somos invencibles.

Le ayudamos a llevar los ejemplares a su habitación y bajamos a la fiesta. Todo el mundo nos mira al descender las escaleras de mármol italiano que tenemos. Somos cuatro, cada cual más diferente de la anterior.

Yo soy la mayor, llevo un vestido de noche largo, rosa pastel, con encaje en mi pecho y una abertura en mi pierna. Mis tacones hacen que mi metro setenta se convierta en ochenta.

Oriana, sin embargo, luce sus habituales botas militares; hoy son amarillas, como el patito de goma que cuelga de su cuello. Quién no la conoce puede pensar que es excéntrica, las que sí lo hacemos sabemos que el color de sus botas y sus colgantes de patito dicen mucho de ella. El vestido negro hasta la rodilla que ha decidido ponerse acentúa sus curvas y la palidez de su piel en comparación al resto de nosotras, que tenemos la tez más bien color olivácea.

Brunella ha decidido ponerse sus Converse de *Sailor Moon* en honor a la cumpleañera. Sus zapatos siempre están personalizados y son la envidia de cualquiera con un poco de buen gusto. Además, sabe cómo combinarlos, como hoy, que se ha puesto un vestido tipo patinadora blanco con algunos adornos que le hacen parecer una guerrera Luna.

Y, por último, nuestra pequeña Fiorella. Ella es la más tímida y, sin embargo, lleva el pelo rosa, como si quisiera ser el centro de atención. Su vestido es de gasa, no tiene transparencias, y el azul claro hace que parezca aún más joven.

Todos nos observan mientras llegamos abajo, somos parte de la realeza italiana, al menos de la mafia, y eso se nota incluso en la forma en la que andamos. Aunque hay un detalle que nos hace algo diferentes al resto de hijas italianas que hay aquí: nuestros tatuajes.

Decidimos hacernos los que quisiéramos, marcar nuestro cuerpo, y todas a la vez porque nuestro padre iba a volverse loco sin duda. Fue una forma de demostrar que éramos dueñas de nuestro cuerpo. Eso hizo que nuestro progenitor nos dejara sin comer tres días, encerradas en el sótano, pero valió la pena cada jodido segundo solo por verle la cara. Estoy segura de que estuvo a punto de tener un infarto. Lástima que se quedara a las puertas.

—Serenella —me llama mi padre mientras reviso que no se ve ninguno de ellos, por respeto y por evitar una paliza a puerta cerrada; esta noche los hemos maquillado.

Me separo de mis hermanas y voy hacia él. Está con un grupo de tres hombres que me miran como si fuera parte del menú de un restaurante.

—Quiero presentarte a…

Desconecto porque sé quiénes son y no me interesan. Están aquí para la subasta. A pesar de que sé sus nombres, los miro y en mi cabeza aparecen otros: ojos de pato es el que se relame mirándome de arriba abajo; luego está dientes torcidos, que trata de ocultarlos poniendo su mano delante para hablar; y, por último, viejo verde, que debe tener la edad de mi padre. Aunque no es solo por el hecho de que creen que me van a poder ganar como a una vaca en día de mercado por lo que no estoy atenta. No, ha entrado un hombre, uno que no he visto jamás y que me llama la atención. Ojos grises, piel morena, alto como para sacarme algunos centímetros a pesar de mis tacones y unos tatuajes que asoman por su cuello que me hacen imaginar qué es lo que oculta esa camisa hecha a medida que lleva puesta.

Su mirada y la mía se conectan. No sonríe, sin embargo, provoca que se me acelere el corazón cuando pone rumbo hacia donde estamos. Trago al ver que ladea la cabeza, y por un segundo, cuando su mirada se desvía hacia mi padre, creo que veo el odio escrito en sus ojos.

—Señor Farnese.

Tiende su mano y me percato de que no va solo, a su lado hay un tipo de su altura, con ojos azul tormenta, piel clara y una sonrisa burlona en su cara.

—Creo que no tengo el gusto de conocerle —dice papá.

Me centro en el tipo intenso de mirada gris y veo que el traje le queda perfecto en su cuerpo. Por un instante imagino cómo debe verse sin él, y me muerdo la lengua para volver al mundo real. Joder, necesito echar un polvo con urgencia.

—Soy Cesare Almiglio —se presenta, y yo alzo una ceja porque sé que está mintiendo.

He estudiado a todos los hombres que venían hoy, al menos a los posibles candidatos a ser mi futuro marido para encontrar al más adecuado para mis planes, y puedo asegurar que este no es Cesare.

Decido callarme la información porque puede que me sirva para algo. Y si la gente de seguridad es tan estúpida como para no haberlo detectado, no es mi problema. Mi padre le estrecha la mano y le dice que a su padre sí que lo conoce. El falso Cesare sonríe y no dice nada, como si no quisiera que la mentira fuera mayor de lo que ya lo es.

El ojos de pato me invita a bailar y mi padre acepta por mí. No tengo voz ni voto, solo unas ganas tremendas de sacar un cuchillo y rajarlo de arriba abajo para ver si por dentro es humano o un pato.

Cuando acabo y vuelvo junto a papá, el viejo verde decide que es su turno. Este es menos respetuoso y trata de tocar más de lo que debe.

—Si tu mano baja un milímetro más, voy a cortarte la polla y metértela por la garganta mientras duermes —le susurro con dulzura y una sonrisa dedicada a todos los que están observándonos.

El viejo verde me mira indignado, pero no dice nada. Creo que es del tipo de hombre que se acobarda en las distancias cortas, pero capaz de tomar represalias y atacar por la espalda.

Cuando vuelvo de mi segundo baile, tengo claro que dientes torcidos va a querer también uno. Respiro hondo para que la frustración no se me note demasiado. Mi padre fue específico en cuanto a la música, todo debían ser canciones lentas; «bailables», dijo él. Ahora entiendo el motivo.

Miro al tipo que va a soltar lo que yo ya sé cuando noto una mano en mi espalda baja y un olor a perfume de hombre que me deja paralizada.

—Si no os importa, voy a bailar esta con la señorita —suelta el falso Cesare, y veo a mi padre sonreír.

El brillo en sus ojos me dice que este tipo es al que él quiere de yerno, por lo tanto, se convierte en mi peor enemigo en estos momentos.

Lo acompaño a la pista de baile y cuando empezamos a movernos trato de no pensar en la mano que rodea mi cuerpo y descansa en mi cintura. Estamos cara a cara, él baja un poco la vista y sonríe con autosuficiencia. Me acerca un poco más, noto su cuerpo duro, y no hablo solo del tronco superior.

—Espero que eso sea el móvil —me burlo.

—¿Y si no es el caso? —contesta él divertido.

—Entonces tendría que advertirte que no pienso dejar que me toques ni con un puntero láser.

El falso Cesare me mira durante un instante y luego baja su boca hasta mi oído para contestar.

—Tengo intención de tocarte, aunque la punta que use no será la de un láser precisamente.

Capítulo 4

Nicola

Noto el cuerpo de Seren estremecerse entre mis manos, y si no fuera porque estamos en medio del salón de su casa con toda la *famiglia* mirando, la echaría sobre mi hombro y me la llevaría al primer sitio con puerta que encontrara porque esta mujer es de las que se disfrutan y no se comparten.

—Estás encantado de conocerte, ¿verdad? —contrataca, y sus ojos color ámbar se tornan brillantes por la rabia que le recorre.

—Sí, soy jodidamente bueno.

—¿En qué?

—En todo.

Rueda los ojos y nos hago girar mientras escucho como la canción está a punto de acabarse, lo cual me molesta.

—Quiero que sepas que, si nos casamos, podrás tener todos los zapatos rosas que quieras —le aseguro—. También pondremos una persona en cocina que se dedique a hacerte los batidos de fresa que tú quieras.

Me mira y me evalúa durante un minuto antes de contestar.

—No eres el único que sabe cosas —suelta de forma críptica.

—¿Algo que quieras decirme?

—No creas ni por un minuto que vas a conseguir mi mano en matrimonio.

—Ya veo, ¿también estás encantada de conocerte? —Le tiro de vuelta la misma pregunta y ella sonríe mientras los últimos acordes de la canción suenan.

—Por supuesto, soy jodidamente buena.

No me da tiempo a preguntar en qué cuando ella se da la vuelta y regresa junto a su padre, que ahora está con un tipo que, según Roma, es uno de los candidatos a llevarse el premio.

Miro a Seren y he de reconocer que es espectacular. Aunque cuanto más la observo más me doy cuenta de que está haciendo un papel. Ahora mismo se comporta como una mujer dulce, inocente, de las que se ríen por tonterías y se ruborizan por los halagos que recibe. No la he oído decir una mala palabra en toda la noche, ni tampoco he visto el brillo en sus ojos.

—¿En qué piensas? —pregunta Roma a mi lado, bebiendo algo rosa con una aceituna dentro.

—Creo que esta mujer es más compleja de lo que pensaba.

Cuando mi primo no dice nada, lo miro y veo que enarca las cejas con una sonrisa.

—¿Saco el violín y toco canciones de amor?

Le doy un codazo por idiota.

—Aquí nadie habla de amor, esto es una transacción —le dejo claro.

—Bueno, no hace falta que te enamores, pero reconoce que, si tienes que casarte, mejor con alguien entretenido y no con uno de los muchos floreros que hay en esta fiesta. Al menos tres madres me han acosado cuando han sabido quién era.

—¿No ha venido nadie de tu familia?

—*Nop*, supongo que al confirmarles que vendríamos nosotros no han querido hacer acto de presencia.

Roma es mi primo y mejor amigo, sin embargo, el que yo sea un bastardo me convierte en mierda en los zapatos para los elitistas de mis tíos. Ellos trataron de separarnos, pero mi primo tiene cerebro propio desde casi que nació y siempre les ha dejado claro que, si le hacen escoger, yo soy más familia. Lo cual agradezco, aunque me da pena que ni sus padres ni sus hermanos valoren lo que tienen. Está jodido de la cabeza, de eso no hay duda, pero es leal hasta la muerte y para mí es mi hermano.

Para cuando cantan y soplan las velas, todavía no he logrado acercarme a Farnese para hablar a solas. Quiero hacerlo antes de la subasta para ver las posibilidades reales y qué negocio es el que está dando con la mano de su hija. Dicen que el de armas, pero hasta que no lo diga él no voy a creerlo. Si no me interesa no voy a casarme, al menos no con esta, puedo esperar a las siguientes.

—Señor Almiglio —dicen a mi lado, y Roma tiene que darme un codazo para que me dé cuenta de que es a mí a quien hablan.

Me giro y veo a Tullio Farnese junto a Seren, él sonríe y ella está seria, como si la llevasen al matadero.

—Vamos a pasar a la parte de los negocios —continúa el hombre, señalando una sala en la que veo que entran los hombres que van a pretender a la hija de Farnese. Ahora entiendo su cara.

—Gracias por venir a buscarme, he tratado de hablar con usted toda la noche, pero es un hombre ocupado.

—Sí, estos eventos son un poco estresantes —contesta.

—Quería saber cuáles van a ser los términos en los que se llevará a cabo este negocio —prosigo mirando a Seren, que vuelve a tener el brillo asesino en sus ojos.

—Tal y como hablé con tu padre… ¿Te dijo lo que comentamos?

Me quedo callado y es ahora ella quien interviene.

—No creo que sepa de lo que le hablas, papá, teniendo en cuenta que no es Cesare Almiglio.

Vaya, vaya, parece que no soy el único que ha hecho los deberes. Eso, lejos de cabrearme, me divierte.

Tullio Farnese me mira conmocionado por lo que acaba de decir su hija, y sé que tengo solo unos segundos para convencerlo de que soy un buen partido. También sé que el tipo de hombre que es, y eso me lo pone muy fácil.

—Tiene razón su hija, es lo que quería comentarle, no soy Cesare, mi nombre es Nicola Baglioni.

Por la mirada que me da, sabe perfectamente quién soy, aunque no nos hayan presentado nunca. Nuestros territorios están separados, pero mi fama no conoce fronteras.

—¿Qué quieres? —pregunta sin rodeos.

—Convertirme en usted —contesto, pareciendo honesto—. Desde que me inicié en la *famiglia* he tenido como objetivo ser la mitad de bueno de lo que es usted.

—Tutéame —me pide, y sé que voy por buen camino.

—Gracias. Como te iba diciendo, eres un ejemplo a seguir. Tienes una mente brillante para los negocios y has conseguido llevar a los Farnese al siguiente nivel.

Veo en la expresión de su cara que está adorando cada una de mis palabras y, por ello, sigo dorándole la píldora. Le cuento lo fabuloso que ha sido en algunos trabajos y cómo de impresionados están todos en mi organización. Mierda pura, pero se la cree.

—Es por eso que me he atrevido a quitarle el puesto a Cesare. Es un hombre que debe dinero, no tiene provecho alguno y su capacidad intelectual equivale a la de un niño de tres años. Hubiera sido una vergüenza para ti que siquiera tuviera acceso a ser parte de tu familia.

Tullio me mira y asiente, casi me da las gracias. Echo un vistazo a Seren, que me observa con cara de que no se traga nada de lo que le he dicho, y así se lo hace saber a su padre.

—Está mintiendo, no le vas a creer, ¿verdad?

Sé que este es el momento de dar la estocada final y, aunque no me gusta cómo voy a hablar ahora mismo, tengo que hacerlo.

—Si me permites —le digo a Tullio, que asiente expectante mientras me dirijo a Seren—. Creo que deberías saber comportarte delante de un hombre, y más uno como tu padre. Por supuesto que es cierto todo lo que he dicho y más, y el solo hecho de que siquiera sugieras que no es así hace que me pique la mano.

Los ojos de Seren se abren, está horrorizada por lo que acabo de insinuar; si me conociera sabría que jamás le he puesto ni le pondré una mano encima a una mujer, sin embargo, sé que Tullio sí es ese tipo de hombre.

—Respeta a tu padre —concluyo, y miro a Tullio—. Espero que el hombre que gane su mano sepa hacerla entender que lo único que puede sentir hacia ti es respeto y admiración, como hago yo.

Tullio se queda en silencio mirando entre su hija y yo, tras unos segundos sonríe de una forma extraña y asiente levemente.

—Creo que te has ganado un puesto ahí dentro, vayamos para ver si también ganas un puesto en mi familia.

No me pasa desapercibida la forma en la que agarra el brazo de su hija. Lo hace fuerte, y seguro que van a quedarle marcas. Quiero sacar mi cuchillo y cortarle cada uno de sus dedos, pero eso arruinaría mis planes. Así que lo dejo pasar, de momento.

—Respira hondo —susurra mi primo, que me conoce demasiado bien.

Seguimos a Tullio hasta un salón, donde me encuentro con otros cinco hombres más. Todos de la Cosa Nostra. Las puertas se cierran tras nosotros y veo que Tullio sube a su hija a una especie de mesa baja. Tienen que ayudarla porque con el vestido que lleva no puede.

—Bien, todos sabemos para lo que hemos venido esta noche —comienza—. Esta es mi hija, Serenella Farnese. Es una mujer guapa e inteligente, habla tres idiomas y será una buena madre, se ha encargado de criar a sus hermanas desde que mi esposa falleció.

Todos asienten y murmuran. Miro a Seren y espero encontrarla avergonzada, está siendo tratada por su padre como si fuera mercancía, como si hablaran de una vaca que da buena leche y terneros. Lejos de verla humillada, la hallo observándonos a todos a los ojos, con el desafío en su mirada de que no va a ser fácil, la barbilla en alto y la pose de una reina.

—Empezaremos la subasta en doscientos mil euros —dice Tullio, y comienzan a subir de mil en mil, como si no valiera la pena por lo que pagan.

Permanezco callado, esperando a que poco a poco entre ellos vayan eliminándose al subir a cantidades que no pueden permitirse. Roma, a mi lado, tiene los puños cerrados, como yo. Ambos estamos haciendo lo posible por no reventar a todos esos gilipollas que la miran de cerca casi salivando y haciendo comentarios obscenos sobre lo que le harán en la noche de bodas.

—Bueno, veo que no todos se están animando —suelta Tullio, mirando en mi dirección—, será que no tienen claro aún lo que se llevan.

Se gira hacia su hija, y lo siguiente que dice hace que eche mi mano a la pistola, que llevo en la cadera.

—No voy a hacerlo —gruñe Seren desde encima de la mesa.

—No te lo estoy preguntando, Serenella, quítate ahora mismo el vestido y muéstrales qué es lo que se llevarán a casa.

Capítulo 3

Seren

Necesito respirar muy hondo para no darle un puñetazo a mi padre ahora mismo, pero sé que eso es firmar mi sentencia de muerte. Él jamás me perdonaría una afrenta así delante de estos hombres, y lo peor es que la muerte no sería rápida; conociéndolo, es probable que dejara a esta panda de babosos tenerme antes de acabar conmigo.

—Tullio —escucho al falso Cesare interrumpir mi casi asesinato—. No creo que sea necesario que tu hija se muestre.

—No lo será para ti, yo quiero verla —dice ojos de pato.

—Y yo —se suma viejo verde.

El resto asiente, como si el hecho de estar de acuerdo todos en lo mismo lo hiciera un acto menos asqueroso de lo que es.

—La mayoría ha hablado —contesta mi padre.

—Yo no soy la mayoría —insiste Nicola—. De hecho, si ella se desnuda voy a salir antes de que lo haga, no me interesa que todos estos hombres sepan cómo luce mi mujer.

—¿Te vas? —pregunta incrédulo mi padre.

—Te ofrezco un millón por ella, tal y como está, si se quita, aunque sea, solo una de esas pulseras horribles de bolas que lleva, retiro mi oferta y me voy.

Quiero matarlo y abrazarlo a partes iguales. Sí, está pagando por mí, sin embargo, también me está salvando de tener que quedarme en ropa interior o algo peor. Aunque decir eso sobre mis pulseras le puede costar un poco de laxante en el café si me caso con él.

—Aún no sabes el negocio —escucho al hombre que está a su lado.

Y me doy cuenta de que es verdad. Mi padre no ha declarado cuál es el negocio que nos dará como regalo de bodas.

—Roma, no te metas —gruñe Nicola, y ese sonido hace que me estremezca un poco.

¿Qué mierda me pasa?

—Bien, ¿alguien da más? —inquiere mi padre, girándose para mirar a los cerdos que me querían ver desnuda.

Todos niegan con la cabeza.

—Creo que acabo de conseguir una prometida. —Sonríe Nicola triunfal, y ahora soy yo la que gruño.

—Me parece que sí, pasa a mi despacho y podremos concretar los términos —suelta mi padre, señalando una puerta y dejándome allí arriba como si fuera un adorno de la mesa.

Nicola se acerca hasta donde estoy, dejando a mi padre esperando, y me ayuda a bajar. Trastabillo con una copa que uno de esos imbéciles ha debido dejar a mis pies y él me coge antes de que mi culo se estrelle contra el suelo.

—Vaya, sí que eres buena en todo —susurra mientras me ayuda a ponerme de pie—, incluso cayéndote.

Su burla hace que le gruña y él, lejos de enfadarse porque una mujer le responda, se ríe. Todos nos observan y me siento un poco cohibida. Puedo manejar el ego masculino y el que se crean mejor que yo porque mean de pie. Lo que nunca me he encontrado es a uno de la Cosa Nostra que me mire como si no fuésemos diferentes por el hecho de ser mujer.

—Serenella, por favor, intenta no avergonzarme mientras cierro el trato con tu futuro marido —suelta mi padre, rompiendo el momento que acabo de tener.

—Espero que la hayas educado mejor que esto, Tullio, necesito una esposa que sepa saber estar en público —responde Nicola.

—Que te jodan —le susurro con una tímida sonrisa de las que sí me han enseñado.

—Eso espero, *ma perle*.

Si hay algo que me excita es que me hablen en francés, lo que no sabía es que un italiano haciéndolo me ponía aún más.

Salgo de allí y a la primera que encuentro es a Ori, ella viene casi corriendo hasta donde estoy y me lleva a un lugar apartado.

—¿Estás bien? —pregunta en cuanto estamos solas.

—Sí, no, no lo sé.

—¿Qué ha pasado ahí dentro?

—Lo que ya sabíamos, pero ha sido horrible, papá ha querido que me desnudara para que vieran la mercancía y hacer que pagaran más por mí.

—Hijo de puta. Lo voy a envenenar, no va a tener ni puta idea de lo que ha pasado —sisea mi hermana, y el verde de sus ojos parecen oscurecerse un par de tonos.

—Relájate, no he tenido que hacerlo. El falso Cesare me ha comprado antes de que eso pasara.

—¿El tarado que se ha colado en la fiesta? —pregunta sorprendida.

Después de bailar con él he podido contarle un par de cosas a mi hermana y ella ha buscado al tipo en internet. No había nada salvo fotos en galas benéficas.

—Sí, lo he delatado delante de nuestro padre y ha sido capaz de convencerlo de participar en la subasta.

Ori me mira con los ojos entrecerrados.

—Parece que te ha impresionado —suelta, y debo reconocer que lo ha hecho.

Mi padre no es idiota, no es el típico capo al que puedes engañar y usar a tu antojo. Es por eso que no es tan fácil deshacerse de él y por lo que sigue vivo. Sin embargo, Nicola ha sido capaz de ganárselo en segundos.

—Voy a decir que es astuto, pero también que le lame el culo a nuestro padre de una forma tan obvia que casi es obscena.

Veo como Nella y Fiore se acercan a donde estamos acompañadas de la odiosa de nuestra prima Francesca.

—¿Ya tienes hombre? —pregunta mi prima, como si lo que acaba de pasar fuera algo bueno. Decido ignorarla y hablo con la homenajeada.

—¿Qué tal está siendo tu cumple?

—Pues aburrido, pero eso ya lo sabíamos. —Se ríe.

Ha sido así desde que nacimos. La celebración oficial con la familia suele ser un asco, todo es protocolo y saber estar. Esta noche tendremos nuestra fiesta de pijamas particular y el finde iremos a celebrarlo como es debido.

—Espero que tu futuro marido sepa en lo que se está metiendo —murmura mi prima con toda la malicia que le caracteriza.

—Al menos no me llamarán semáforo como a ti —le suelto, y ella se queda mirándome con cara de no entender a qué me refiero—. Por aquello de que de noche nadie te respeta.

Mis hermanas sueltan una carcajada que hace que algunos de los mayores se vuelvan y mi prima sale echa una furia a encontrarse con su madre. La otra bruja de su casa. No sé cómo mi tío Damaro puede aguantarlas.

—Seguro que está pidiendo que le busquen marido ya — interviene Fiore.

—Y que sea mejor que el tuyo —prosigue Ori.

—Por cierto, ¿qué tal es? —pregunta Nella.

—Pues un tipo capaz de pagar por tener una esposa, creo que eso lo resume todo —contesto, molesta por la situación.

He sabido toda mi vida que esto iba a ser así, que para mí no iba a haber un matrimonio por amor, pero saberlo no lo hace más fácil.

—Por ahí viene nuestro próximo cuñado —se burla Ori, y las otras dos murmuran cosas sobre que no les importaría ayudarme en la noche de bodas, por lo que les doy una mala mirada.

A ver, somos chicas decentes italianas de buena familia, lo que no estamos ni muertas ni ciegas.

—Me gustaría hablar contigo, ¿bailamos?

—¿Ya no te quedan mujeres para comprar? —cuestiono, y la comisura de sus labios se eleva ligeramente.

—Me he quedado sin efectivo y, por lo visto, en estas fiestas no aceptan tarjeta.

—Ahora vuelvo —les digo a mis hermanas.

—Señoritas, disculpad mi falta de educación, es que cuando veo a vuestra hermana no tengo ojos para nadie más.

Fiore suspira.

Nella rueda los ojos.

Ori le saca la lengua.

—Ellas no son como mi padre —le aclaro para que sepa que por un par de palabras bonitas no las va a comprar.

Acompaño a mi futuro marido a la pista de baile y vuelvo a dejar que me rodee con su brazo y apoye su mano en mi cintura. Esta vez tira de mí más cerca, como queriendo dejar claro a todo el que mira que soy suya.

—¿También me vas a mear encima? —inquiero, y él en respuesta pasa su nariz por mi mejilla.

—No creo que haga falta, aunque no lo descarto, es menos engorroso de limpiar que la sangre que derramaría si uno de esos imbéciles tratara de acercarse a ti.

—No soy una posesión, espero que te quede claro.

—Sí que lo eres, te he comprado, eso te hace mía.

—No, lo que has comprado es una esposa, y déjame decirte que eso no implica nada más que decir «sí, quiero» delante de un cura.

—Creo que tenemos puntos de vista diferentes en cuanto a lo que es un matrimonio.

—Me alegra entonces tener esta conversación antes de que suceda, odiaría verte decepcionado —digo con sarcasmo mientras me hace girar sobre mí misma y me atrapa de nuevo entre sus brazos.

—Va a ser divertido domarte, *ma perle*. —Sonríe.

—Si crees que soy un animal al que puedes domesticar, entonces será mejor que empieces a ponerte barro en la cara.

La confusión de su rostro resulta divertida.

—¿Por qué debería hacer eso? —pregunta curioso con un brillo juguetón en sus ojos.

—Para que te acostumbres a tener tierra en la cara, ya que voy a matarte y enterrarte en el jardín de casa.

Capítulo 6

Nicola

Me muerdo el labio para no besarla. No sé qué me pasa con esta mujer, pero la atracción que siento por ella es algo que jamás me había pasado.

—¿Así que planeas quedarte viuda? —la provoco.

—Lo suficientemente rápido como para que pueda usar mi vestido de novia teñido de negro.

Sonrío. Me encanta lo mordaz que es. A cualquier hombre que me amenazara tan abiertamente le pegaría un tiro en la frente, sin embargo, sé que por mucho que ladre no es perro mordedor. Serenella se ha criado como una buena muchacha italiana, una con espíritu luchador, pero solo eso.

La canción termina y ella parece tener intención de volver con sus hermanas, no obstante, no la dejo. Cojo su mano y la arrastro hacia el otro lado de la pista, junto a su padre.

—Creo que es el momento para hacer el anuncio.

Tullio me mira y asiente. Comienza a golpear su copa con un cubierto, que no tengo ni idea de dónde ha sacado, y todos los allí presentes empiezan a callarse.

Si vieras a este hombre sin conocerlo, dirías que es un idiota, uno de esos a los que puedes manejar, sin embargo, Tullio

Farnese es mucho más que eso. De hecho, creo que me ha dejado entrar en la subasta porque sabía que era la mejor opción para sus negocios, no solo porque le haya dicho las palabras correctas.

—Queridos amigos y familia —comienza a decir mi futuro suegro—, quiero haceros participes de la felicidad que hoy me trae la noticia de que mi hija mayor se ha prometido.

Todos aplauden como las marionetas que son. Sé que la subasta era algo bastante conocido en el entorno más cercano, y tengo claro que nadie va a creer que este matrimonio es por amor, aun así, siento una extraña necesidad de dejar claro que Seren no está disponible.

—Nicola Baglioni ha pedido la mano de mi hija, y se la he concedido —continúa, y todos aplauden de nuevo.

Sigue diciendo una serie de estupideces más sobre el amor y la juventud que no me apetece escuchar. Cuando acaba, suelta un brindis igual de insulso y todos alzan sus copas para celebrar nuestro compromiso. Por supuesto, tanto mi prometida como yo tenemos una en la mano y bebemos como si esto fuera la ilusión de nuestra vida, pero cuando la miro a los ojos puedo ver que no me lo va a poner fácil, y a pesar de que me gusta mi paz mental, estoy deseando ver qué clase de diversión puede ofrecerme mi futura mujer.

—¿Algo que añadir? —pregunta Farnese hacia mí, y asiento, tengo que seguir con el acto.

—Solo que es un orgullo poder entrar en esta familia, y espero que podamos colaborar, aunque sea en la distancia.

—¿En la distancia? —inquiere Seren a mi lado, con cara de no entender nada.

Mientras todos aplauden y beben de nuevo, le explico la situación a mi prometida. Ya lo he hablado con su padre, como mi territorio está lejos del suyo, podemos ampliar el negocio. He conseguido que sea el de armas, así que esto va a ser un trato muy provechoso para mí.

—Viviremos en Catania, allí tengo mi residencia.

Va a decir algo, pero un aluvión de personas que nos felicitan le impide hablar. No tengo ni idea de quiénes son la mayoría. Mi gente de confianza no es ninguna de esta, así que me escapo lo antes que puedo de toda esa marabunta de falsos.

Veo a mi primo aparecer con la ropa un poco desarreglada y ruedo los ojos. Por supuesto que Roma encontraría a alguien a quien follarse, incluso en este tipo de fiesta. Espero que, al menos, no haya quitado la virginidad a otra buena hija italiana porque esta vez no pienso salvar su culo.

—En serio, ¿no podías dejar tu polla dentro de tus pantalones? —le pregunto cuando llega hasta mí.

—Es que me he puesto todo romántico con tu matrimonio y necesitaba repartir mi amor, de hecho, ahora está sobre un abrigo muy caro y muy feo del guardarropa del fondo.

—Eres un cerdo.

—Lo sé. Aunque eso es secundario, han llamado de casa, hay que volver, es tu madre.

—¿Está bien? —Me preocupo.

—Sí, pero necesitamos regresar. Te cuento en el avión, ya he pedido que lo preparen.

—Voy a despedirme de Farnese y ahora vuelvo.

Lo encuentro siendo elogiado por el maravilloso enlace que va a suceder próximamente, y si no fuera porque aún está la tarta a medio comer en algunos platos, no diría que esto es una fiesta de cumpleaños.

—Tengo que irme, asuntos de negocios, nos mantenemos en contacto —le digo de forma escueta, y él asiente—. En estos días hablaré con Serenella para concretar algunos detalles.

Prefiero llamarla Seren, pero me he dado cuenta de que su padre usa su nombre completo y así lo voy a hacer, al menos delante de él.

Vuelvo junto a mi primo, que ahora no está solo.

—Mira, tengo una novia para ti —se burla mientras Seren le da una mala mirada.

—¿Podemos hablar? —me pide mi prometida, y niego con la cabeza—. Solo será un momento, por favor.

La forma en que me lo pide me hace ceder.

—Espérame fuera —le ordeno a mi primo mientras me quedo a solas en el vestíbulo con ella—. Bien, tú dirás.

—No quiero irme de Palermo.

—Esa no es una opción, vivo en Catania y mi mujer vivirá conmigo.

—Por favor —me ruega, cogiéndome de la mano—. No me separes de mis hermanas.

El calor de sus dedos sobre mi piel me hace estremecerme. El brillo de sus ojos ha desaparecido, aunque ahora puedo observar algo que no esperaba encontrar en ellos: ¿tristeza?

—Tengo allí todos mis negocios, ellas pueden venir cuando quieran y tú podrás visitarlas a menudo, el avión privado estará a tu disponibilidad.

—No es lo mismo. Te lo suplico.

Verla rogarme de esa manera hace que algo dentro de mí se remueva. No se amedrentó frente a todos los hombres que la miraban como a un trofeo, ni siquiera le tembló la voz al amenazarme de muerte.

—Me estás enseñando tu debilidad, *ma perle*.

—No lo es, ellas son mi fuerza.

Debo reconocer que me gusta su respuesta. Y que no se arrastre o me prometa cualquier cosa a cambio de cumplir sus caprichos. Aunque eso es por un motivo: esto no es algo nimio para ella.

—Podemos comprar una casa aquí y pasaremos algunas temporadas, aunque nuestra residencia oficial será en Catania —cedo, y ella se lanza sobre mí y me abraza.

—Muchas gracias.

La estrecho contra mi cuerpo y aspiro el olor del suyo. La piel de su nuca se eriza y me cuesta la vida no pasar mi lengua por su cuello.

Cuando se aleja de mí, cojo su mano y tiro de ella para volver a pegarla contra mi pecho. Su boca está a milímetros de la mía y noto el calor de su aliento en mis labios.

—Podemos tener un buen matrimonio —le propongo.

Ella respira hondo y no aparta sus ojos de los míos mientras contesta.

—No, no podemos, tengo demasiada buena memoria como para olvidar que me has comprado.

Dicho esto, se separa de mí y se va hacia la fiesta sin girarse ni una sola vez.

Me quedo en silencio, mirando el pasillo por el que ha desaparecido, y me siento jodidamente mal porque tiene razón; yo tampoco podría olvidar que alguien me hiciera algo así.

—¿Tienes para mucho? —pregunta mi primo, entrando al vestíbulo de nuevo.

—Tienes suerte de no haber interrumpido nada —le gruño, y él se ríe.

—Vamos, Romeo —se burla.

Alzo las cejas y le doy un puñetazo en el hombro.

—Me voy a chivar a tu madre, le voy a pedir que te dé unos buenos azotes en el culo —sigue bromeando, y tiene suerte de que este no es el lugar adecuado, si no ahora mismo estaría corriendo detrás de él para darle una buena paliza y meterle mis calcetines sucios en la boca.

En el coche de vuelta, llamo para asegurarme de que mi madre está bien. Ha tenido uno de sus episodios y la han dormido, pero sé que va a necesitar verme cuando despierte.

Ya en el avión me sirvo un vaso de *whisky* mientras tomo asiento, mi primo me lo roba y de nuevo tiene suerte de que la chica que nos atiende hoy está atenta y me pone otro al instante.

—Debes tener un ángel de la guarda porque, de lo contrario, no entiendo cómo es posible que no te haya matado a estas alturas —le digo, saboreando mi bebida.

—Estarías demasiado aburrido sin mí.

—En eso tienes razón.

—Y también desinformado.

Alzo las cejas y sonríe, dándole un trago a mi *whisky*.

—¿Algo que deba saber?

—Mientras le enseñaba a la prima de tu mujer el maravilloso mundo de que te follen el agujero del culo, he oído una conversación entre las pequeñas Farnese. No demasiado porque tu suegro se ha puesto a brindar por vuestro próximo enlace.

—¿De qué hablaban?

—De una fiesta que se va a celebrar el próximo fin de semana.

—¿Y para qué quiero saber yo que van a ir a una fiesta?

—Esas chicas traman algo, decían cosas que no tenían sentido, como si quisieran hacer cosas a escondidas.

—¿En serio estás jodiéndome la cabeza con chismes de vieja del visillo?

—Un poco de paciencia, que ya llego. —Se ríe él solo—. Eso es lo que le he dicho a la prima de tu mujer.

Ruedo los ojos.

—Eres un imbécil.

—Oh, vaya descubrimiento —contesta divertido—. La cosa es que la prima tiene una boca que no solo sirve para chuparte la polla como una aspiradora industrial. Ella parece saber muchos secretos de la *familia*, y creo que puede estar bien tenerla de nuestro lado.

—¿Puedes ir al grano?

—En esa fiesta va a estar Alessandro Domenico, el hombre del que, según su prima, tu prometida está enamorada.

Me incorporo y desabrocho el cinturón al ver que ya está la luz que lo permite encendida.

—¿Qué quieres decir?

—Que, según la prima, las Farnese van a ir para ayudar a la mayor a reencontrarse con su amor y ayudarles a escapar —suelta como si esto fuera la trama de una mala telenovela—. O quizás solo les ayuden a encontrarse para follar, quién sabe.

Lo último lo dice encogiéndose de hombros, como si eso no fuera un problema.

—Si la toca es hombre muerto.

—¿No vas a dejar que tenga amantes? —pregunta Roma extrañado.

Esto es algo que hemos hablado mil veces. Si mi matrimonio o el suyo fueran de conveniencia, ambos teníamos claro que nuestras mujeres, con discreción, podrían buscar ser felices.

Imagino la posibilidad de que Seren tenga un amante y no me gusta, no entiendo el motivo porque no la conozco y está claro que me odia. Aun así, el solo pensar en otro hombre tocándola como yo quiero hacerlo me enfurece.

—No, no va a tener amantes. Y ve anulando la cita con los albaneses de la semana que viene. Por lo visto, vamos a ir a una fiesta el fin de semana.

Capítulo 7

Seren

—¿Estás segura de que no quieres que vayamos? —pregunta Fiore, y asiento.

—Será menos sospechoso si vamos solo Ori y yo. Celebraremos tu cumple el siguiente finde.

—Nunca nos dejáis ser parte de la diversión —se queja Nella, arrugando su nariz. Es un gesto que hace desde pequeña cuando se enfurruña.

—Si fuéramos las cuatro sería raro, solo van a estar mis amigos. Ori viene porque es la experta en venenos.

El grupo de amigos al que me refiero no es lo que podrías imaginar. Las mujeres tienden a intentar sabotearte por ser una Farnese y los hombres tratan de meterse en tus bragas por el mismo motivo. La cuestión es que todos somos de edades parecidas, la siguiente generación de la Cosa Nostra, y por ello seguimos unidos de una forma retorcida.

—¿Has sabido algo de Alessandro desde tu compromiso? —pregunta Fiore, mi eterna romántica.

Una vez le dije que creía que él era el amor de mi vida, pero claro, yo tenía como quince años y Alessandro no me hacía ni caso. Siguió así hasta que me crecieron las tetas, no me di cuenta de eso hasta que a mí me creció el cerebro. Lo pillé metiéndole mano a la que en ese momento era una de mis mejores amigas, me enteré de que no fue la única. Yo era el premio gordo, tenerme a mí era entrar en la familia Farnese, pero solo le gustaba eso de mí, mi apellido.

—Me ha llamado un par de veces, pero no se lo he cogido. No tenemos nada de qué hablar.

—¿Te imaginas que se presenta esta noche con un anillo y una propuesta de que os escapéis juntos? —fantasea Fiore.

—Sería muy típico de él —me burlo.

—Lo ha hecho ya como tres veces, ¿no? —interviene Ori.

Fiore nos mira con sorpresa, no se lo había contado porque era muy niña y tampoco había significado nada.

—Sí, cada vez que alguien me ha rondado ha aparecido con un diamante —contesto aburrida.

—Pues entonces hoy va a llevar carretilla para poder transportar el pedrusco que te vaya a ofrecer —se burla Ori, y las cuatro nos reímos.

—Entonces, ¿no hay nada entre Alessandro Domenico y tú? —insiste Fiore, y niego con la cabeza.

—No, él no es el indicado para mí.

—Pues vaya, pensaba que teníais algo así como un amor prohibido y que os escondíais para veros.

—Tienes que dejar de leer tanta novela romántica.

—¿Y Nicola sí es el indicado? —interviene Nella, y las tres se quedan calladas, mirándome.

—¿A qué viene eso?

—Por la forma en la que bailasteis juntos —contesta Fiore.

—Y el hecho de que te va a comprar una casa en Palermo —agrega Nella.

—Sin olvidarnos de que pagó un millón por ti —finaliza Ori—. Y tú y yo sabemos que no vales eso.

Me guiña un ojo y yo le tiro un cojín.

Las cuatro nos reímos hasta que otra vez mis hermanas se quedan mirándome en silencio. Esperan mi respuesta.

—Si estáis pensando en una historia de amor, siento deciros que aquí no hay una. No voy a negar que me atrae, pero es algo físico. No podría amar a alguien que cree que comprar a una persona está bien.

—En eso tienes razón —sentencia Ori.

Tengo que averiguar qué hablaron ella y Roma en la fiesta de cumpleaños la semana pasada. Fiore me dijo que los vio discutir, pero ella no me lo ha contado y le estoy dando margen, aunque tiene que ser algo gordo si no me lo ha dicho aún.

—Bueno, vamos a centrarnos, ¿tenéis todo lo que necesitáis? —pregunta Nella, y Ori asiente, enseñando un frasco con un líquido transparente.

—Esto es digoxina, un veneno eficaz y que apenas se nota en la comida o la bebida. Si logramos que se beba este frasco, no llegará al final de la noche.

Mi hermana es una experta en venenos. Puede que a mí se me den bien los cuchillos, pero lo de Ori es un arte.

—Nos iremos turnando para administrárselo y que no se dé cuenta —le comento.

Se oyen unos golpes en la puerta y el ama de llaves entra para avisarnos de que el coche ya está esperándonos. Nos mira y sonríe. Ori hoy lleva el patito negro a conjunto con sus botas y un traje chaqueta plateado que la hace lucir elegante sin dejar de ser ella.

A diferencia del día del cumpleaños, hoy no nos tapamos los tatuajes. No es algo que hagamos normalmente, nos costó que papá entendiera que nuestro cuerpo es nuestro, pero hay ocasiones en las que le damos el gusto y maquillamos nuestro cuerpo. Una vez le oí decirle a uno de los capos que estaría encantado de que nuestros maridos nos ataran a una mesa y nos los quitaran con láser a la fuerza. Un encanto de hombre.

Aliso mi vestido color violeta y me calzo los tacones rosas. Me pongo mis pulseras y me miro al espejo.

—¿No te parece raro que mezcles ese estilo de ropa de marca con esos complementos de bazar? —pregunta Nella, mirando mi muñeca.

Mis pulseras no son de perlas, ni siquiera son de las que puedes encontrar en una joyería. Me gusta llevar como siete u ocho combinadas en color con mi ropa, pero dejando claro que no soy tan simple, que hay algo de mi yo rebelde que mi padre no ha apagado.

—Sabes que las joyas me producen sarpullido.

—Debes de ser la única que tiene alergia al oro.

—Al rosa no —contesto, y le guiño un ojo.

Me ajusto una cinta en mi muslo, donde guardo un fino cuchillo con la hoja como la de un bisturí. No tengo intención de usarlo, pero es como un osito de peluche para dormir, me siento más segura si sé que está conmigo.

Ori pone el pequeño frasco en su sujetador y sonríe. Ya estamos preparadas para irnos. Fiore y Nella nos desean suerte. Les doy un beso a cada una y salgo de allí con paso firme. Esta noche vamos a deshacernos de un soldado de mi padre, uno que lleva años a su servicio y que, además, abusa de niños.

Cuando llegamos a la fiesta, voy a saludar a mis amigas con la misma falsedad con la que ellas me saludan a mí. Es lo mismo con Ori. Todas tienen claro que mi hermana está aquí porque, como mujer comprometida, sería raro no tener a alguien de mi familia cerca, ya que mi padre no ha podido asistir por un problema que Fiore se ha encargado de generar en uno de sus puertos.

Saludo a varios capos amigos de mi padre. Entre ellos está nuestro objetivo, que no para de comer gambas rebozadas como si no hubiera un mañana. Ori lo mira y después a mí, ambas sabemos por dónde empezar a darle la digoxina. Dejo que mi hermana se escabulla a la cocina mientras yo voy al baño. Tiene que venirme la regla y no paro de mear. Cuando salgo, alguien toma mi mano y me arrastra al final del pasillo, no es un lugar oscuro, pero no es donde quiero que me encuentre nadie a solas con Alessandro.

—¿Qué quieres? —pregunto cruzándome de brazos.

—¿Es cierto que te vas a casar?

—Sí.

—Seri, no puedes, tú y yo…

Respiro hondo para no sacar el cuchillo de mi muslo y clavárselo en la yugular. Antes me parecía tierno que me llamara así, ahora quiero arrancarle los ojos cada vez que lo hace.

—Alessandro, corta la tontería, por favor, esto empieza a aburrirme.

—No puedes hablarme así, te amo, no sé qué haría sin ti.

—¿Y no tienes curiosidad por averiguarlo?

Una carcajada a mi espalda hace que mire por encima de mi hombro. No me da tiempo a prepararme antes de que el brazo de Nicola me rodee la cintura y me pegue contra su cuerpo mientras me da un beso en la mejilla.

—Hola, *ma perle* —susurra contra mi piel, y se me estremece hasta el alma.

—¿De verdad te vas a casar con este oportunista? —se queja, como si él mismo no fuera uno peor.

—¿Crees que eres mejor que yo? —le pregunta Nico con una voz serena y a la vez llena de una amenaza mortal.

—Por supuesto. Soy un hombre que se ha hecho a sí mismo.

Nico se ríe antes de contestar.

—Debiste mirar un tutorial antes de empezar —se burla, y no puedo ocultar la sonrisa debido a sus palabras.

—Seri, por favor, yo te amo.

—Voy a darte una advertencia solo porque en algún momento mi futura mujer pensó que valías lo suficiente como para enamorarse de ti, pero te sugiero que no tientes la suerte porque mi paciencia es limitada.

—Seri, escapémonos juntos —comienza a decir, pero un punto rojo en su frente hace que se calle.

No, no es un punto, es un agujero.

—Si es que nunca escuchan —se queja Nico mientras se guarda el arma.

El cuerpo de Alessandro choca contra el suelo a la vez que Roma, el primo de mi futuro marido, aparece detrás nuestro con una cesta de la lavandería de esas que van en un carrito y unos guantes de fregar los platos, ¿de dónde demonios ha sacado eso?

—Si ya sabía yo que esto iba a acabar así —murmura mientras comienza a recoger las piernas de Alessandro.

Nico lo ayuda y yo no puedo hacer absolutamente nada más que mirar. Cuando Roma desaparece por donde ha venido, veo que Nico me mira serio.

—¿Triste? —pregunta.

—No, aunque no sé qué vamos a hacer.

Él sonríe y vuelve a besar mi mejilla mientras coloca mi mano en su brazo.

—¿Ahora? —inquiere, y asiento—. Ahora vamos a disfrutar de la fiesta.

Capítulo 8

Nicola

Entrar en el salón del brazo de Seren me produce un sentimiento que no logro identificar. Ver como todos nos observan mientras ella los mira como la reina que es, envía una pulsación directa a mi entrepierna.

—¿Estás bien? —le pregunto al ver que no deja de mirar a todos lados, como si quisiera cerciorarse de que nadie ha visto lo que acaba de pasar.

Soy una persona bastante tranquila, sin embargo, acabo de descubrir que mi futura esposa es un detonante para mí. Roma me lo dijo de camino a esta fiesta y me reí, ahora voy a tener que aguantar su mierda cuando le dé la razón.

—Estoy buscando a Ori —contesta, y me relajo.

Por algún extraño motivo no parece perturbada por verme matar a alguien en su cara, eso es raro, al menos entre el tipo de mujeres que veo aquí, pero por lo mismo mi perla es diferente.

—Allí está, con el tipo que no deja pasar una bandeja de gambas sin probarlas.

Miro con desagrado al hombre, debe tener más o menos mi edad, no creo que pase de los treinta y cinco, aunque algo en él me desagrada. Y no hablo de las manchas que veo en su camisa por la forma tan asquerosa que tiene de comer.

Seren se dirige hacia ellos y yo la sigo. Cuando Ori me ve, mira a su hermana, esta le hace un leve gesto que no me pasa desapercibido y después sonríe.

—No sabía que vendrías, cuñado —me saluda Ori, y el señor gambas traga con rapidez mientras se limpia las manos.

—Creo que no nos han presentado, soy Libio —dice el tipo, extendiendo su zarpa hacia mí.

Ni de puta coña voy a tocarlo.

—Lo siento —contesto, rodeando a Seren con mis brazos—, si mi prometida mancha su Valentino por mi culpa voy a tener que dormir una temporada en el sofá.

El idiota se ríe.

—No es un Valentino —susurra Seren para que solo yo la oiga.

—Lo sé, pero él no.

Sonríe y, joder, me encanta.

Veo a Roma aparecer y me hace un gesto para que vaya. No quiero dejarlas solas, pero no me queda opción, supongo que ellas sabrán lidiar mejor con este tipo de gente que yo.

—Ahora vengo —le murmuro a mi prometida en su oído, y no puedo dejar de disfrutar por la forma en la que su cuerpo se estremece al sentir mi aliento sobre su piel.

Llego hasta Roma y me aparta ligeramente del resto de los invitados.

—Tengo un problema —dice, dando la espalda a todos.

Se abre un poco la chaqueta y veo una mancha de sangre en su camisa. Mierda.

—¿Te has deshecho de él?

—Sí, está en el maletero, le he pagado a unas chicas de la calle para que llamaran aquí y le dijeran al del hotel que Alessandro se había tenido que ir por una urgencia, ahora deben de estar comunicándoselo al que ha organizado esta fiesta.

Veo a un trabajador del hotel acercarse a un grupo de hombres y susurrarle algo. Supongo que es lo que me acaba de contar. Se vuelve hacia mí y levanta una copa sonriendo. Le devuelvo el gesto sin entender muy bien qué está pasando.

—Por cierto —prosigue Roma—, resulta que todo esto lo iba a pagar Alessandro así que le he dicho al del hotel que tú te harías cargo.

—¿Y eso no nos hará parecer sospechosos?

—No, se lo he dicho cuando Alessandro todavía estaba vivo —se burla mi primo, él tenía claro que ese tipo no iba a salir con vida de aquí.

—Odio cuando me conoces tanto —le gruño.

Veo a una camarera con una copa de vino tinto y la cojo de la bandeja. Le doy un trago, aunque odio su sabor, y justo después se la tiro por encima a mi primo.

—Oye —se queja.

Miro hacia donde antes estaba la mancha de sangre y ahora hay una enorme de tinto.

—Problema resuelto.

—Muy maduro por tu parte —refunfuña, y me río.

Busco a Seren y la encuentro de espaldas mientras su hermana sigue hablando con el tal Libio. Al girarse, lleva unas cuantas gambas en una copa y se la entrega al hombre, que babea al verlas. En serio, ¿cuánto más puede perder la dignidad una persona por comida?

Aunque no es eso lo que me llama la atención, sino el hecho de que mete algo en su escote. O solo se lo ha recolocado, no estoy seguro.

—¿También lo has visto? —pregunta Roma, y asiento.

No sé lo que he visto, pero algo he visto.

Paso el resto de la fiesta tratando de relacionarme. Escucho como algunos se quejan de que Alessandro no contesta a su móvil; por suerte para mí, parece ser que lo hace a menudo, algo de que ha recaído en alguna mierda que se mete por la nariz.

Seren no deja a su hermana en ningún momento y esta está junto a Libio, como si lo que el hombre habla fuera interesante. Le ríe los chistes y asiente cuando cuenta una anécdota. Cualquiera que mire podría pensar que ella está interesada en él.

Llega un momento en que deja las gambas para dedicarse al vino, el cual también le proporcionan mi prometida y su hermana.

—¿Crees que tratan de emborracharlo para robarle algo? —inquiere Roma a mi lado, él también se ha percatado de que está pasando algo raro.

—Habrá que estar atentos, no parece que nos lo vayan a contar.

Como si hubieran conseguido su objetivo, Seren y Ori dejan al tipo solo y no se vuelven a acercar a él. Pasa una hora y solo hablan entre ellas y con nosotros.

Sé que algo no cuadra, tendré que averiguar qué puede tener este hombre que le interese tanto a mi futura familia.

Un grito en el otro lado de la sala me pone en alerta. Saco mi arma y coloco a Seren tras de mí, Roma hace lo mismo con Ori.

—Allí —dice mi primo, y miro en la dirección que me indica.

Libio está en el suelo, parece estar sufriendo un infarto por cómo se sujeta el corazón. Hay un enorme revuelo de personas tratando de salvarlo. Le abren la camisa mientras un camarero saca el desfibrilador portátil que ha traído de la cocina. Parece que sabe lo que hace porque lo prepara como un profesional.

Cuando Libio pierde el conocimiento le aplica varias descargas. Trata de reanimarlo con RCP. Se escucha una ambulancia, tres paramédicos irrumpen y se tiran al lado del cuerpo. Siguen tratando de reanimarlo. Veo como las mujeres sollozan, algunas están en *shock*. Miro a mi lado y tanto Seren como Ori tiemblan la una en los brazos de la otra. Lágrimas gigantes salen de los ojos color ámbar de mi prometida, y es mi turno de no entender nada. Literalmente hace como tres horas le he pegado un tiro en la frente a su ex lo que sea y no se ha inmutado, y ahora, por este tipo ¿llora?

Me quedo observando la escena y cuando dan por muerto a Libio, de pronto, se abraza a mí. Me deja descolocado este acto, sin embargo, no pierdo la oportunidad de estrecharla contra mi cuerpo y meter mi cara en el hueco de su cuello para oler su piel.

La siguiente media hora es un devenir de gente. Los hombres están al teléfono, las mujeres se consuelan unas a otras. La mía... La mía parece estar deshaciéndose de algo en una planta junto a la esquina. Está apoyada en la pared con las manos detrás. Su hermana acaba de tirar una copa en el otro lado de la sala y ahora todos la miran.

—Ves esa planta de ahí —le señalo a Roma, y asiente—. Quiero que la transporten a mi hotel, con discreción.

—¿Vas a ser como esas mujeres que se llevan los centros de mesa de las bodas? Sabes que eres rico, ¿no?

—No es eso.

—¿Entonces?

Sonrío, mirando mi prometida.

—Me parece que tiene algo que ver con la muerte del señor gamba.

—¿Cómo?

—Creo que ha sido mi futura esposa la que se ha cargado a ese idiota.

Capítulo 9

Seren

Mi teléfono suena y sé que es un mensaje de Nico, le he puesto un tono adecuado para él: una caja registradora.

Lo abro y veo la imagen que me ha enviado. Se me hiela la sangre. Es la planta en la que tiré lo que nos sobró del veneno que usamos con Libio hace un par de días. Justo debajo de la foto dos palabras: Lo sé.

Marco su número sin pensarlo dos veces, el muy cabrón tarda al menos ocho tonos en contestar.

—Hola, *ma perle*.

—Tenemos que hablar.

—Ya lo creo, pero no por teléfono.

—No soy tan estúpida —siseo.

—Ven a mi hotel, te mando ahora el nombre y el número de la habitación.

Cuelga antes de que pueda replicar. Menudo imbécil. Sabía que algo había de diferente en él cuando salimos de la fiesta. Pensaba que era por Alessandro, ahora está claro que sospechaba.

Joder.

Decido no contarle nada a las demás, tengo que arreglar mi cagada y evitar que le salpique a alguna de mis hermanas.

Me visto con uno de mis vestidos favoritos, es rosa con encaje negro, se ajusta a mi cuerpo, pero me deja moverme por la elasticidad de su tela. Los tacones que escojo son de unos doce centímetros para estar casi a la misma altura que él. Me dejo el pelo suelto para que caiga sobre mi escote en V de forma natural y me aplico mi labial rosa mate. Por último, un poco de perfume y ya estoy preparada para enfrentarme a mi futuro marido.

Puede que la gente piense que cuando me visto así es para seducir a un hombre, ni de lejos, esta ropa me proporciona la seguridad que necesito, es como mi chaleco antibalas.

Llego al hotel en taxi y, cuando me bajo, observo una moto que se para a mi lado. La he oído durante todo el trayecto. Cuando se sube la visera, veo que es Roma.

—¿Hoy no viene Oriana contigo? —pregunta curioso.

—¿Me has seguido?

—No, solo me he asegurado de que la mujer de mi jefe esté a salvo —contesta, encogiéndose de hombros.

—Puedo defenderme, y mi hermana, a la cual no te vas a acercar, también.

—Primita, has cometido un error.

—¿Cuál?

—Decirme que no haga algo.

No hace falta que me explique que se refiere a Ori.

—Déjame aclararte algo: esto no es una mala peli en la que tú ahora te encaprichas y la persigues hasta conseguirla.

—Ah, ¿no?

—No, porque mi hermana es inteligente y sabe perfectamente la clase de juego que hacéis los tipos como tú.

—¿Los tipos como yo? —repite divertido.

—Sí, los que se follan a alguien en el guardarropa y se piensan que pueden saltar a la siguiente de la familia que lo recibirá con el culo abierto.

Amplía los ojos y entiende que sabemos lo que ha estado haciendo con Francesca.

—Me gustas, primita, va a ser divertido tenerte en la familia —suelta antes de colocarse la visera de nuevo y largarse con la moto de allí.

Tengo que advertirle a Oriana de que este tarado va a ir por ella, aunque no creo que sea necesario, mi hermana no le daría ni la hora, y menos desde que ha encontrado a quien quiere como marido.

Entro al hotel, el más caro de Palermo, y me dirijo hacia la recepción. No necesito hacer fila, en cuanto una chica me ve me pide que la acompañe; me estaba esperando. Ella tiene una llave de acceso al ascensor que te lleva hasta la *suite*. Por lo visto, mi futuro marido es de los que se anticipan. Me gusta.

Cuando se abren las puertas, veo a Nicola mirando por uno de los grandes ventanales hacia el Mediterráneo.

—Bonitas vistas —le digo a modo de saludo.

Se gira y me sonríe.

Hoy lleva una camisa blanca abierta hasta el tercer botón, sus mangas están recogidas hasta sus codos y puedo ver el tatuaje que las recorre. Los míos también están a la vista.

—Así que son de verdad —comenta, mirando mis brazos.

—¿Los tatuajes?

—Sí, en la fiesta pensé que eran algún tipo de dibujo temporal, creo que eres la primera buena hija italiana que veo con tantos y tan a la vista.

—Todas llevamos, es solo que, por respeto a mi padre, a veces los cubrimos. Quizás no sea tan buena hija.

—Eso espero —murmura, y no entiendo a qué se refiere.

—Vengo a hablar sobre la foto que me has enviado.

Soy directa, no quiero perder el tiempo. Todavía estamos ambos de pie a un par de metros de distancia el uno del otro. Ni siquiera he dejado mi bolso.

—Bien, me gusta que no des rodeos. Sé que tú y tu hermana envenenasteis a Libio.

Su sentencia es firme, no hay duda alguna, tiene pruebas y es probable que las use en nuestra contra.

Camino hasta donde está y trato de jugar la carta de mujer desvalida llenando mis ojos de lágrimas. Es un arte la facilidad que tengo para abrir el grifo.

—Ahórratelo —me suelta a mitad de camino—, empiezo a conocerte y cuando te brillan así los ojos es porque tienes una misión en tu mente que cumplir.

Me paralizo al darme cuenta de que me ha estado observando.

—Tu información es medio falsa.

—Ah, ¿sí? —contesta curioso.

—Sí, mi hermana no tuvo nada que ver.

—Puede ser —duda, y es lo que quería, que no relacionen a Ori con esto.

—Bueno, entonces vamos a dejarnos de juegos, ¿qué vas a querer a cambio de no vender esa información?

Ahora mismo Libio está enterrado por causas naturales, pero si él hablara y dijera qué hay que buscar en su cuerpo, todavía podrían hallar rastro de algo. O quizás ni siquiera necesitaran eso, soy una mujer, creerían a Nicola antes que a mí, incluso sin pruebas.

—Respuestas.

—¿A qué?

—¿Por qué debía morir?

Su pregunta es sencilla, pero la contestación es algo complicada, no por lo que lo matamos, sino porque entonces podría descubrir que no es al único, que no es el primero ni será el último. Llevamos algunos años encargándonos de escoria como él. Solo lo sabemos nosotras cuatro, es más seguro así.

—Tenía que hacerlo, abusaba de niñas.

Gruñe.

—No digo que no lo mereciera, pero me intriga saber por qué fuisteis vosotras las que os encargasteis de ello.

—Fui solo yo —insisto—. Nadie más iba a hacer nada.

—¿Es la primera vez que matas a alguien?

—Sí —miento.

Me mira entrecerrando los ojos, como si no terminara de creer mis palabras. Se acerca hasta mí y, sin previo aviso, me rodea con su brazo para atraerme contra su cuerpo. El bolso se cae al suelo mientras nuestras miradas se enganchan.

—¿Te hizo algo? —susurra—. Si se atrevió siquiera a…

Su preocupación me hace sentir extraña, está muerto, ¿qué más podría hacerle él?

—No —contesto, tratando de normalizar mi respiración, tenerlo tan cerca me altera.

—¿Cómo lo hiciste?

Me quedo callada y él sonríe. Pasa su nariz por mi mejilla y mi estúpida yo quiere que me bese. No sé qué me pasa con él, la atracción que siento es brutal, y eso me asusta.

—Sé que usaste veneno, está en la planta —murmura mientras prosigue sus caricias con sus labios en mi otra mejilla—, lo que me causa curiosidad es cómo supiste sobre ese tipo de sustancia.

—Goo-google —atino a decir.

Soy consciente de la sonrisa que se extiende en su boca por la forma en la que contesto. También soy consciente de su mano subiendo por el costado de mi cuerpo sin llegar a tocar nada, pero dejándome con ganas de que lo toque todo.

—*Ma perle*, sé que me estás mintiendo —susurra con sus labios sobre mi cuello.

Estoy a un segundo de rogarle que me folle cuando siento la vibración de su móvil en el bolsillo delantero de sus pantalones.

—Creo que te llaman —le digo, alejándome de él para tratar de recobrar mi cerebro, que ahora mismo está ahogándose en mis bragas.

Me deja ir, aunque no suelta mi mano, contesta y veo que su expresión cambia. Cuelga y suspira.

—¿Pasa algo? —pregunto curiosa.

—Nuestra conversación tendrá que continuar en otro momento.

—¿Me estás echando?

—Ojalá, pero me temo que ya están en el ascensor.

—¿Quién?

Me asusto por un momento, pensando que se refiere a algún capo al que va a delatarme por lo del asesinato, pero su respuesta es mucho peor.

—Madre.

Capítulo 10

Nicola

Sonrío al ver lo nerviosa que se pone mi perla. Me jode la interrupción, estoy empezando a volverme adicto a tocar su piel.

—Supongo que en algún momento tenía que conocer a tu madre —murmura, viendo los números sobre la puerta del ascensor marcar los pocos segundos que quedan antes de que eso suceda.

Solo mi círculo cercano sabe por qué la llamo «madre» a pesar de que no lo es, ella, en realidad, trató de criarme cuando mi padre se enteró de mi existencia. Mi madre, la de verdad, perdió la cabeza por ello, no del todo, pero nunca se recuperó por completo.

Cuando las puertas se abren, veo a Roma salir el primero. Por supuesto que no va a dejarme solo en esta situación.

Por instinto, me coloco delante de Seren, no me gusta la idea de que ellos sepan de su existencia, aunque era inevitable, al igual que esta visita. Tenía claro que, en el momento en que se enteraran de que iba a formar parte de los Farnese, aparecerían.

—Hijo, cuánto tiempo —dice mi padre, adelantándose a madre y a mis hermanos.

—Oh, Dios mío, es preciosa —casi grita madre mirando a Seren.

Estoy tenso y la mirada que mi prometida me da lo transmite. Parece que ella sabe leerme bastante bien a pesar de lo poco que nos conocemos.

—Encantada, soy Serenella Farnese —se presenta con toda la clase y educación que le gustaría tener a mi familia.

Ellos se presentan como si fuéramos un clan unido. Mi hermana, la cual me ha gritado miles de veces que mi madre, la de verdad, solo fue una puta y que su locura es el castigo por ello, está alabando los zapatos de diseño de Seren.

Me encantaría matarlos a todos.

—Se lo prometiste, así que respira —murmura Roma a mi lado.

Sí, según mi madre, la de verdad, mi alma no podría recuperarse de matar a mi padre y a esta banda de cuervos. Por lo mucho que la quiero, le hice la promesa de que no me vería asesinarlos ni mandaría hacerlo. Un juego de palabras que ella no detectó y gracias al cual, el día que ella muera, todos estos cadáveres que tengo delante serán enterrados.

—¿Y tienes hermanas? —pregunta Luciano, mi hermano.

—Ninguna para ti —contesta Roma, apoyando su mano en el arma que lleva en la cintura.

Seren nos mira y sigue hablando con mi hermana y mi madre, pero sé que no le pasa desapercibido el tono de este encuentro.

—Mi hijo todavía no nos ha enviado la invitación —suelta mi padre.

—Aún no tenemos fecha, pero yo misma me encargaré de escribir las vuestras —le asegura Seren, y le gruño.

—No lo harás —le prohíbo, y ella alza una ceja.

Quiero darme una patada en el culo por hablarle así, no es su culpa que mi familia sea una mierda.

—Tienes que convencerlo —suplica madre—, sé que no le gusta ser el centro de atención, pero creo que deberíamos estar allí en un día tan especial, ¿no crees?

—He dicho que no —repito.

Sé que ahora parezco el peor ser del mundo ante sus ojos. Seren está conociendo la parte amable y dulce de madre y de mi hermana, incluso Luciano alaba su gusto por el reloj que lleva. Para mi futura prometida la situación es como para el resto del mundo que no me conoce: soy un hijo malagradecido que no sabe tratar bien a los suyos.

—Querida, convéncelo, ya sabes que, al final, como mujeres, la boda es el día más importante de nuestra vida y querrás que tus suegros estén allí, ¿no? —insiste madre.

Seren los mira y me mira. Luego hace algo que no me espero, se acerca hasta donde estoy y entrelaza sus dedos con los míos.

—Si Nico ha dicho que no son bienvenidos, entonces no lo son.

—Esto es increíble, ¿cómo nos van a prohibir la entrada ese día? —suelta madre altanera.

Seren da un paso hacia ella y ahora parece que es mi futura esposa la que me protege a mí.

—Si tratas de entrar a mi boda, yo misma haré que te saquen en una bolsa de basura —contesta Seren con una dulce sonrisa en sus labios.

Joder, se me acaba de poner muy dura.

—Primita, te *superquiero* mucho.

—Cállate, Roma —decimos Seren y yo a la vez, y sonrío.

Es algo que no suelo hacer cuando esta gente está presente.

—Y déjame decirte dos cosas más —prosigue Seren—: el día de mi boda no será el mejor de mi vida, eso sería muy triste, mi meta no es ser una mujer casada, tengo cerebro y sé usarlo.

Roma aplaude y yo estoy a punto de hacerlo también.

—¿Y lo segundo? —pregunta la bocazas de mi hermana.

—Que muchas gracias por la visita, encantada de conoceros y buen viaje de vuelta a casa.

—¿Nos estás echando? —inquiere mi padre, asombrado.

Si hay alguien que no esté acostumbrado a que una mujer le hable así es él.

—Si quieres, puedo sacarte unas marionetas y explicártelo para que te sea más fácil, suegro.

Lo veo dar un paso amenazante hacia ella y tengo el arma en mi mano antes de que siquiera pueda pensar en lo que va a pasar.

Seren, lejos de asustarse, aún lo encara más. Roma y yo ahora estamos justo tras ella.

—No te tengo miedo, Baglioni, y no cometas la estupidez de subestimarme por ser una mujer. Soy una Farnese, y a nosotros se nos respeta.

Mi padre y ella mantienen la mirada unos segundos, hasta que madre interviene.

—Oh, cielos, no, preciosa, eso no es lo que pasa. Por supuesto que te respetamos, jamás faltaríamos el respeto a una Farnese. Esto es todo un malentendido. Será mejor que nos vayamos y en otro momento hablaremos con más calma.

—Os acompaño —se ofrece Roma sin guardar su arma.

Rodeo con mis brazos desde atrás a Seren, ella apoya su espalda contra mi pecho y ambos permanecemos en silencio mirando hacia el ascensor hasta que este cierra sus puertas y nos quedamos a solas de nuevo.

—Gracias —le digo, soltándola y haciendo que me mire.

Ella da unos pasos hacia el ventanal y suspira.

—Sé lo que se siente al tener una mierda de familia —es lo único que responde.

—Aprecio tu lealtad, todavía no estamos casados y no sabes los motivos por los que me comporto así con ellos.

Ella se encoge de hombros y sonríe. Puede que lo que acaba de hacer no sea nada raro para ella, sin embargo, para mí es un mundo.

—Deberíamos seguir con la conversación con la que estábamos.

—Puedes estar tranquila, no voy a delatarte con lo de Libio.

Seren me mira y me sonríe por primera vez de forma genuina, y, joder, eso me gusta mucho.

Se dirige al sofá de la *suite* y se sienta, palmea a su lado y tomo el lugar que me ofrece. Se gira, subiendo un poco sus piernas al sofá, y el gesto provoca que el vestido que lleva se le suba, dejando a la vista parte del muslo. Mi polla ahora mismo quiere salir a jugar. Esta mujer bloquea todos mis sentidos con solo respirar.

—No me gusta la forma en la que hemos acabado comprometidos, que me hayas comprado es una mierda —comienza a decir—, pero si no hubieras sido tú, hubiera sido otro.

—En eso tienes razón.

—Y creo que podemos llegar a llevarnos bien, no hace falta hacer de este matrimonio un infierno, ¿no crees?

Sus palabras hacen que sonría y asienta.

—Sí, estoy de acuerdo.

—Eso sí, voy a dejar claro algo, no me gusta que me prohíban nada. Entiendo lo que ha pasado antes, pero no me vuelvas a hablar así delante de nadie. No soy menos que tú, somos iguales, tengo derecho a tener mis pensamientos y opiniones.

—Sigo estando de acuerdo.

—Me gusta que me des tanto la razón, cuidado o me puedo acostumbrar —se burla—. Entonces, creo que podemos decir que nuestro matrimonio será una bonita amistad. Lo único que tengo que avisarte es que, cuando una de mis hermanas me necesite, saldré corriendo hacia ella sin importar absolutamente nada, ¿de acuerdo?

Asiento y ella vuelve a sonreír. Y me gusta más que la vez anterior.

—Creo que es mi turno de exponer mis condiciones para este matrimonio.

—Muy bien, ¿qué es lo que quieres?

—No tendrás amantes.

Frunce el ceño y me cabrea pensar en que ella quiera esa posibilidad.

—Entonces tú tampoco —sentencia.

—Me parece bien.

—¿Y cuando tengas ganas de…?

—Para eso tendré una esposa.

—Espera, ¿vamos a acostarnos juntos?

—Si quieres un matrimonio feliz, con libertades y en el cual tus secretos estén a salvo, sí, eso es lo que pido.

Veo el brillo en sus ojos y me encanta. Sé que soy un gilipollas por decir algo así, no voy a delatarla en lo de Libio, aunque algo me dice que no ha sido su primer cadáver.

—Muy bien, entonces, ¿lo que quieres es mi cuerpo?

—Sí.

—De acuerdo, aquí lo tienes, tómalo.

La miro confundido por su respuesta, esperaba algún tipo de negociación o quizás un grito, incluso una bofetada, pero esto no.

Seren se levanta, se pone delante de mí y baja la cremallera de su vestido. Lo desliza hasta sus pies y lo patea lejos. Pone las manos en sus caderas y me mira en silencio.

Una puta obra de arte es lo que tengo delante.

—Aquí me tienes, si me quieres, fóllame.

Capítulo 11

Seren

No sé qué me ha impulsado a decir eso, pero no me arrepiento. El solo hecho de que me haya dicho que mi cuerpo es parte del trato me cabrea y enciende a partes iguales. Mi cabeza está jodida.

Nico me mira como si fuera un helado por el que quiere pasar toda su lengua, y eso hace que mis bragas se mojen de forma instantánea.

Como si me hubiera leído el pensamiento, se tira de rodillas ante mí, coge una de mis piernas y la coloca sobre su hombro. Todavía llevo mis tacones, pero el agarre de su mano en mi culo me hace sentir segura de que no voy a caer.

Pasa su lengua por mi ropa interior, dejándome con ganas de más, y me arqueo contra él. Con la mano libre aparta la tela y hace el mismo movimiento, esta vez un gemido escapa de mis labios y un gruñido de su garganta.

—Hueles jodidamente bien —murmura contra mis pliegues antes de comenzar a comerme como si yo fuese una tarta de chocolate y él hubiera estado a dieta.

Agarro su cabeza y clavo mis uñas en su pelo. Me da igual si le hago daño, ahora mismo en lo único en lo que puedo pensar es en que quiero más de él dentro de mí.

Su lengua pasa de arriba abajo mientras con sus dedos abre mis pliegues para tener mayor acceso. Masajea mi clítoris, enviando ondas de placer que me hacen temblar las piernas.

—Nicola —suspiro, y vuelve a pasar su lengua, esta vez presionando un poco más.

En un instante, hace un giro sin soltar mi culo y me encuentro siendo tumbada en el sofá, con su boca todavía sobre mi centro y su mano en mi culo.

—No tienes idea de lo que me haces, *ma perle* —jadea.

Que me hable en francés en este momento solo provoca más excitación. Quita su lengua y mete dos dedos de golpe, luego tres, no lo espero y me arqueo, pero él me retiene en el sitio, poniendo su mano sobre mi bajo vientre.

—Estoy cerca —casi grito, y él introduce sus dedos aún más adentro, provocando que levante mi cuerpo a pesar de su agarre.

—Vente para mí, *ma perle* —me ordena, y lo hago, como si mi cuerpo le hiciera caso con tan solo escucharlo.

Sigue metiendo sus dedos de forma salvaje a la vez que ahora baja su boca y me chupa un pezón, joder, estoy cabalgando mi orgasmo cuando noto que está construyéndose otro.

—No pares —le suplico, y no lo hace; cuando muerde mi pezón, el latigazo de dolor provoca que estalle un orgasmo tan brutal que me hace casi perder el conocimiento.

Sigue metiendo y sacando sus dedos de mí, solo que ahora está disminuyendo la velocidad, acompañándome en la bajada del mayor placer que me han dado en mi vida.

—*Ma perle*, casi me corro en los putos pantalones solo de verte —confiesa, y sonrío—. Si hubiera sabido que esto era el matrimonio, me hubiera comprado una mujer mucho antes.

Sus palabras penetran en la bruma de mi orgasmo y me golpean muy duro.

—Ya ves —contesto algo seca, y se da cuenta de su error.

—Mierda, no es eso lo que quería decir —comienza, pero no le dejo acabar, agarro su polla por encima de los pantalones y aprieto.

Está dura y mi gesto lo ha pillado desprevenido.

—Mi turno —susurro mientras le desabrocho los botones; él me ayuda.

Nuestra posición ahora cambia, está sentado y yo entre sus rodillas.

Cuando veo su polla, me sorprende el *piercing* de la punta, creo que se llama príncipe Alberto. Nunca lo he hecho con alguien que tuviera uno.

Antes de que pueda pensar mucho más, paso mi lengua desde la base hasta la punta. Su gemido de placer me deja claro que no ha estado mal. Ahora mismo estoy un poco nerviosa, esto no lo he hecho nunca. He tenido sexo y hecho pajas, pero siempre con la mano o mis tetas, mi boca es virgen, o lo era.

Con mucho cuidado, recoge todo mi pelo en un puñado en su mano y lo sujeta con firmeza. Abro mis labios y lo meto hasta el fondo, hasta que noto la arcada, solo que no es desagradable, al contrario, la pulsación que acabo de sentir me provoca una excitación que no conocía.

—Joder, *ma perle*, esto es jodidamente bueno —jadea mientras mueve su cuerpo a la vez que yo lo meto y saco de mi boca.

Me está follando despacio, lo cual agradezco, no sé si podría hacer lo que he visto en alguna peli sin atragantarme. El ritmo que llevamos es cómodo, y decido aumentarlo y succionar como si fuera un helado.

Gruñe, y otra pulsación en mi boca me hace saber que lo estoy haciendo bien. Aprieta su agarre en mi pelo y lo que podría pensar que me iba a doler me excita, ¿qué cojones me pasa con él? Nunca he sido de esta manera.

Sigo aumentando mi velocidad y muerdo su punta.

—Dios, sí —suspira.

Le gusta duro. Se lo doy. Sigo chupando y mordiendo. Sigue gimiendo y yo excitándome al escucharlo.

—No voy a aguantar mucho más.

Sé que me está advirtiendo, es el momento de quitarme, siempre he pensado que es asqueroso tragarse el semen, eso no hay amor que lo soporte, sin embargo, en este momento entiendo que cuando lo haces no es por sentimiento, no al menos por uno como el amor, es por la sensación de poder que tienes. Quiero llevarlo hasta el extremo de tenerlo a mi merced y por eso no me detengo. Sigo chupando y él me da una advertencia más que muere a mitad en sus labios cuando con mi mano aprieto sus huevos.

No tarda ni diez segundos en correrse dentro de mi boca con un gruñido que bien podrían confundirlo con un animal.

No voy a decir que tener esto en mi boca es agradable, así que lo escupo en la cara alfombra de la *suite*.

Me levanto y recojo mi vestido mientras Nico sigue sentado en el sofá con la cabeza hacia atrás y su polla asomando. Incluso en modo descanso es grande. El *piercing* brilla y me da curiosidad saber qué le llevó a hacérselo y si le dolió, pero no puedo olvidar lo que ha dicho.

Voy hasta la neverita y saco una botellita de vodka, me enjuago la boca y lo escupo en una planta que hay al lado del ventanal.

—Como jardinera serías pésima —se burla, y su sonrisa perezosa me gusta, demasiado.

—Me llevo un agua.

Ahora su cara se vuelve seria.

—¿Te vas? Todavía no he acabado contigo —casi gruñe.

—Toma esto como un depósito, el pago no será hasta el día de la boda.

Puede que me haya dado el mejor orgasmo de mi vida, pero que no se equivoque; que haya dicho que hubiera comprado una mujer antes es algo que no se me va a olvidar con facilidad. Si lo que quiere es tomar este matrimonio como una transacción, que así sea.

—¿Qué demonios dices? —pregunta, levantándose y guardándose todo en su sitio mientras me sigue hasta el ascensor.

Lo llamo y agradezco no tener que usar ningún tipo de tarjeta ni nada de eso.

—Tú mismo lo has dicho, si quiero un matrimonio tranquilo mi cuerpo es parte del trato, pero entiende que hasta que no estemos casados no me voy a entregar por completo. Aunque gracias por lo de antes, sabes manejar muy bien la lengua.

Veo su cabreo aumentar de cero a mil en segundos, por suerte, el ascensor llega y yo entro en él.

—Así que esto es lo que quieres, ¿no? —Es una pregunta retórica, por lo que no me molesto en contestar—. Muy bien, entonces compra un bonito vestido y reserva el sábado de dentro de dos semanas.

—¿Por qué?

—Ese día nos vamos a casar.

—No pued…

Voy a protestar, pero Nico entra y pulsa el botón del *hall*, sale y me mira con un brillo amenazante en su mirada. Las puertas comienzan a cerrase y sus últimas palabras me dejan helada:

—No te olvides de hacer la maleta, una grande, tardarás en poder volver a recoger lo que te dejes.

Capítulo 12

Nicola

Joderrr.

Cojo un jarrón de medio metro que hay junto a las puertas del ascensor y lo lanzo contra la pared. A este le sigue una silla y un cuadro que arranco. Para cuando el ascensor abre sus puertas de nuevo y mi primo aparece, me queda poco que destrozar.

—Un consejo, primito, si alguna vez decides dejar tu actual trabajo, no te dediques a la decoración, te ha quedado todo horrible, claramente los cristales rotos de ese espejo no combinan en absoluto con las flores hechas trizas de su lado.

La mirada que le doy hace que levante las manos en señal de rendición, aunque la sonrisa burlona de su cara le otorga el premio de un puñetazo, solo que cuando se lo voy a dar, me esquiva y corre hasta el sofá, salta sobre el respaldo y se queda de pie.

—Baja de ahí ahora mismo —le gruño.

Está pisoteando el lugar en el que he estado con Seren, y eso me jode la cabeza de tal forma que no quiero pararme a preguntar.

Roma me mira extrañado y luego al mueble bajo sus pies.

—Ay, pillín, tú has follado —suelta, y esta vez cojo el arma de la mesa y le disparo.

Aunque en el último segundo desvío mi tiro unos milímetros a la derecha de su cabeza para no darle. Ahora mismo lo quiero muerto, pero me arrepentiría.

—¿Se puede saber qué ha pasado aquí? —inquiere, saltando hacia una butaca y sentándose en ella.

Cuando hace estas cosas parece mucho más joven de lo que es, y me gusta que no haya perdido esa inocencia a pesar de todo por lo que hemos pasado.

—La he jodido con Seren.

—¿Y eso? ¿Se ha decepcionado por tu *minipolla*? —pregunta serio, como si no estuviera bromeando, y estoy muy a punto de dispararle de nuevo.

—Sigue así y no volveré a fallar —le amenazo.

Se ríe y me tira un cojín a la cara, yo le devuelvo otro mientras me dejo caer justo donde he tenido a mi perla en mi boca.

—A ver, cuéntame con detalle.

Ruedo los ojos y niego con la cabeza.

—Solo te voy a decir que estábamos en medio de algo y he dicho unas palabras desacertadas.

—¿Algo como: sabes igual que tu madre? Eso no les suele gustar a ninguna.

No puedo evitar reírme. Puede parecer que bromea, pero yo sé que no es así, y el agujero de bala que le hicieron en el culo hace un par de años lo confirma.

Le cuento lo que ha pasado y me escucha con atención. No entro en detalles, no soy de los que hacen eso, pero tampoco me avergüenzo del sexo ni de practicarlo.

—Así que mientras estás dándole un buen orgasmo, según tú, le sueltas que te mola comprar mujeres y te da igual cuál sea mientras se deje follar.

—No le he dicho eso, gilipollas.

—Eso es exactamente lo que has dicho, primito, piénsalo.

Lo hago y me doy con la mano en la frente porque tiene razón.

—Pero no me refería a eso, quería decir que ella merece la pena tanto que me hubiera casado antes de haberla conocido.

—Pues no ha sonado así, ni de lejos. Oye, ¿y después de soltar eso te ha hecho una mamada?

Asiento. Me guardo para mí que se notaba que era inexperta, lo cual me ha gustado todavía más, y tampoco le digo que pensar en ella con mi polla en su boca y su pelo en mi mano me tiene duro en un segundo.

—Me va a encantar tenerla en la familia —se burla Roma, y gruño.

Mi teléfono suena y me levanto a cogerlo. Está sobre la mesa desde que Roma me avisó de que subía con mi familia en el ascensor.

—Sabes —le digo antes de contestar—, el hecho de que me haya sido leal delante de mi padre me ha hecho verla de otra manera.

—Normal, yo casi le hago la ola, tiene los huevos más gordos que tu hermano.

Me río mientras descuelgo.

—Bagliani —escucho al otro lado, reconozco la voz de mi futuro suegro al instante y pongo el altavoz—, hemos encontrado el cuerpo de Alessandro Domenico y algunos de mis capos creen que has tenido algo que ver.

—¿Y eso por qué sería?

—Porque no hay nadie tan tarado como para matar a alguien como Domenico y pintarle una polla en la mejilla.

Miro a mi primo, que sonríe.

—Estaré allí en media hora —digo antes de colgar—. ¿Algo que decir, Roma?

—¿Ups?

Capítulo 13

Seren

Cuando salgo del ascensor veo a Roma apoyado en la pared, y me sonríe. Es un tipo extraño, aunque me cae bien. No me detengo a hablar con él, solo paso de largo y él va hacia el elevador mientras habla con alguien por teléfono. Creo que me pongo roja, ¿sabrá lo que ha pasado entre Nicola y yo?

Al salir cojo el primer taxi, y cuando me bajo en casa veo un coche detenerse, bajar la ventanilla, hacer una foto, sonreírme y largarse. No sé por qué tengo la sensación de que es uno de los hombres de Nicola.

Ahora que lo pienso, no he visto a su equipo de seguridad, mi padre siempre lleva a un montón de sus hombres rodeándolo, parece una celebridad, sin embargo, Nicola es diferente.

No, no voy a ponerme a romantizar al hombre que cree que comprarme a mí o a cualquiera está bien. Entro y voy directa a mi habitación, me ducho y trato de no pensar en lo mucho que me ha gustado su lengua y lo que me encantaría que ahora mismo estuviera aquí conmigo.

—¡No te masturbes que te estamos esperando! —escucho a Ori gritar desde el otro lado de la puerta.

Ruedo los ojos, puede que cada una tenga una habitación con baño, pero la privacidad es algo que no conocemos ninguna.

Salgo y compruebo que mi maquillaje sigue bien, el pelo lo recojo en una coleta después de quitarme el gorro para no mojarlo. Cuando entro a mi cuarto de nuevo, veo a mis tres hermanas sentadas en mi cama, mirándome.

—¿Qué bicho os ha picado ahora? —pregunto mientras me visto con un conjunto de traje chaqueta de pantalón corto.

Quiero ir a comprar un par de cosas para tratar de despejarme.

«Y un vestido de novia».

—Sabemos que has ido al hotel a ver a Nicola —suelta Fiore, y frunzo el ceño.

—¿Cómo os habéis enterado?

—Ori habla con su primo por mensajes —confiesa Nella.

Miro a mi hermana y alzo las cejas.

—No es nada raro, pero me cae bien —trata de excusarse Ori.

—Eres una adulta y no voy a decirte lo que tienes o no tienes que hacer, pero que sepas que Roma quiere follarte, eres como un reto.

Ori sonríe y ruedo los ojos.

—Puede que yo también quiera hacer lo mismo con él, ¿lo has visto?

La verdad es que, si no fuera porque el solo respirar cerca de Nicola me pone cachonda, no me importaría probar a qué sabe Roma.

—Tú verás, ya tienes veinticuatro años —sentencio como una madre preocupada.

—Aún no nos has contado lo que estabas haciendo allí —insiste Fiore.

No tengo secretos con ellas, así que les enseño el mensaje con la foto de la planta y todo lo que ha pasado. Bueno, todo no, la parte en la que me he corrido dos veces en la boca de Nicola me la reservo, no creo que sea relevante para lo que ahora nos atañe.

—Mierda, ¿y crees que nos delatará? —se preocupa Nella.

—No, podría haberlo hecho ya si ese fuera su plan.

—¿Te ha pedido algo a cambio? —curiosea Ori, y niego con la cabeza, aunque ella me conoce lo suficiente como para saber que ha pasado algo más.

—No, aunque hemos discutido por un comentario que ha hecho y parece ser que me caso en dos semanas.

—¡¿Qué?! —gritan mis tres hermanas a la vez, y tengo que reírme porque ha sido divertido ver cómo de sincronizadas estamos.

—A ver, ya sabíais que esto iba a ocurrir.

—Pero pensaba que tendríamos meses por delante.

—¿Cómo vamos a seguir haciendo lo nuestro contigo tan lejos? —refunfuña Fiore.

—Estoy a una hora en avión, no me mudo a Rusia —trato de suavizar.

Son unas exageradas, aunque en el fondo lo entiendo. Siempre hemos sido nosotras cuatro y, cuando empezamos a darnos cuenta de que tendríamos que casarnos, nunca barajamos la posibilidad de que una encontrara marido lejos de casa.

—No sé si papá se lo va a permitir, ya sabes que le encanta organizar estas cosas para ser el centro de atención.

—Me da la impresión de que mi prometido es de los que consigue siempre lo que quiere.

—Espero que el mío sea al menos joven como él —murmura Nella.

Una de sus amigas fue casada el año pasado con un viejo que dudamos que pueda lograr que se le levante, eso si la encuentra debajo de su enorme tripa de Santa Claus.

—Tú podrás casarte con quien quieras —le asegura Ori, y lo hace de una forma tan categórica que provoca que Fiore la mire y la pille poniendo la cara de «la he cagado» que tan bien conocemos todas.

—¿Qué nos estáis ocultando? —pregunta mi dulce e inteligente hermana pequeña.

Ori y yo nos miramos, y sin tener que hablar, solo asintiendo, sabemos que es momento de contarles nuestro plan. Ya no son unas niñas y, al fin y al cabo, es de su futuro del que hablamos.

Pasamos la siguiente media hora explicándoles nuestro plan de casarnos Ori y yo para obtener ayuda de nuestros maridos. De cómo íbamos a matar a nuestro padre con su apoyo y hacernos con el control de los negocios a través de ellos para que ellas pudieran tener una vida feliz con el hombre o mujer que escogieran.

Nella y Fiore nos escuchan con atención, no nos interrumpen, y cuando hemos acabado siguen en silencio. Miro a Ori y ambas estamos algo desconcertadas, es difícil mantener a estas dos calladas tanto tiempo.

—¿Pensabais hacer todo eso sin contárnoslo? —pregunta Nella, y por su tono sé que no está contenta.

—¿Y si os pillaban tratando de matar a papá? ¿Y si vuestros maridos se ponían de su parte? —continúa Fiore.

—Era un riesgo que podíamos asumir si a cambio…

—Acabo de cumplir veinte —me corta Fiore—, y Nella tiene veintidós. Creo que somos lo suficientemente mayores como para haber demostrado que no necesitamos que nos protejan. Puede que tú —me mira— seas una artista con el cuchillo, y que tú —ahora mira a Ori— seas un prodigio con los venenos, pero Nella y yo no lo somos menos en nuestras especialidades.

—Eso es —interviene Nella—, Fiore es capaz de darle a un objetivo a un kilómetro de distancia, hay pocos francotiradores en el mundo capaces de ello. Y yo puedo provocar una explosión prácticamente con un chicle y sal.

—Vale, estáis cabreadas y en vuestro derecho a ello, pero entended que sois nuestras hermanas pequeñas. No es que no sepa que podéis defenderos, es que me aterra que tengáis que hacerlo, que os pase algo —les confieso, y sus caras se suavizan.

—Seren, tienes que dejar de ser nuestra madre. Tú nos has criado y no podemos estar más agradecidas por ello, pero no es bueno para ti tener esa carga.

—Siempre has sido muy madura para que nosotras podamos ser niñas, ahora deja que seamos mujeres y tú nuestra hermana —finaliza Nella.

Nos abrazamos y trato de que no vean que se me escapa alguna lágrima. Sí, siempre serán mis niñas, pero tengo que dejarlas crecer, y eso lo van a hacer ayudando a matar a nuestro padre.

Trato de aligerar el ambiente cambiando de tema.

—¿Sabéis que tienen una pista de la geme?

—¿Sí?

Pasamos un rato con nuestras teorías. Hace unos años secuestraron a una prima segunda por parte de mi tía. No viven aquí, creo que en esa época estaban en Génova. Nadie sabe qué pasó. Las niñas, gemelas, estaban jugando en una plaza llena de gente de la *famiglia* y, de pronto, una faltaba. Llevan años buscando y escuché a mi padre decir que habían encontrado un indicio de algo, aunque también dijo que sería algo falso porque tenía claro que esa niña estaba muerta desde hacía mucho tiempo.

Tocan la puerta y abre nuestra ama de llaves, me dice que alguien quiere hablar conmigo y me pongo nerviosa pensando que es Nicola, quizás quiera continuar discutiendo, o viene a disculparse o…

Mis pensamientos se detienen cuando veo al pie de las escaleras al hombre de confianza de mi padre.

—¿Qué ocurre, Marcelo? —pregunto extrañada.

—Tú padre quiere que vengas conmigo, tienes que testificar ante la *famiglia*.

Veo a mis hermanas asomadas a la puerta y niego levemente con la cabeza para que no hagan nada.

—Muy bien, ¿y sobre qué?

Voy bajando con calma, como si mi corazón no estuviera a punto de salirse de mi pecho por el miedo a que nos hayan descubierto de algún modo.

—Ha aparecido el cadáver de Alessandro Domenico.

Capítulo 14

Nicola

El silencio en la sala es palpable cuando empujo la pesada puerta de madera, los goznes chirriando como un gemido de advertencia. Mi primo Roma me sigue de cerca, su presencia es tan segura y calmada como siempre.

Al entrar, mis ojos recorren la sala, examinando a cada uno de los presentes. Reconozco sus rostros, hombres duros y curtidos por años de violencia y lealtad, cada uno con sus propias historias de poder y traición. Sentados en sillas de cuero gastado, parecen una fila de jueces sombríos, y aunque no pronuncian palabra, sus miradas hablan de sospecha y juicio inminente.

Tullio Farnese se encuentra en el centro, su postura regia y dominante. Su mirada penetrante me evalúa con la misma intensidad con la que yo evalúo a los demás. Siento el peso de su escrutinio, pero mantengo mi expresión relajada, mis movimientos medidos y controlados. No puedo permitirme mostrar debilidad. No aquí, no ahora.

Paso junto a Salvatore, su cicatriz cruzándole el rostro como un recordatorio de su lealtad forjada en batallas callejeras. A su lado, Vincenzo, con su perpetuo gesto de desdén, el tipo de hombre que disfruta el dolor ajeno. En la esquina, Enzo, el contable, cuya inteligencia afilada es tan peligrosa como cualquier arma. Sus ojos se encuentran con los míos, brevemente, pero es suficiente para captar su desconfianza.

Al fin llego a la silla vacía que me han reservado, cerca del centro de la sala, frente a Tullio. Con una calma fingida, me dejo caer en el asiento, mi postura es relajada y despreocupada. Mi primo Roma toma asiento a mi lado, su expresión igualmente tranquila. Estamos en territorio enemigo, pero nuestra actitud debe ser impenetrable. Somos lobos en una guarida de leones, y no podemos mostrar miedo. Además, tengo a mis hombres apostados en los edificios adyacentes con rifles apuntando a cada uno de los aquí presentes, y a otros tantos sobre el tejado, listos para deslizarse por la pared y entrar por estas enormes ventanas que rodean toda la sala.

Está claro que ninguno de los que están en la habitación tiene formación militar, no como mi primo y yo, que servimos en las fuerzas especiales, o como mis hombres, todos bajo mi mando desde la época en la que lucía traje militar.

—¿Y bien? —pregunto al fin, esperando que esto comience.

—Hemos encontrado el cuerpo de Alessandro Domenico —comienza Tullio.

—Y alguien le pegó un tiro en la cabeza —prosigue Vincenzo.

—¿Algo que decir, Baglioni? —finaliza Salvatore.

—Muchas cosas, como que este lugar huele a viejo, y no me refiero a los muebles.

—¡A eso era! —exclama mi primo al lado—. Llevaba desde que hemos entrado tratando de averiguar lo que era. Sí, huele a asilo.

Tengo que contener la sonrisa por la forma en la que actúa siempre Roma. No es que no esté preocupado de que puedan matarnos, es que le da igual, y no hay nada más peligroso que alguien con el cerebro de Roma y nada que perder en la vida.

—Creo que no entiendes la gravedad de esta situación —prosigue Tullio.

—Sí que lo entiendo, así que acabemos con esto ya, ¿qué queréis de mí?

—Que confieses que has matado a Domenico.

—Sí, lo hice —contesto, y me levanto, abrochando el botón de la americana—. Si eso es todo, tengo cosas que hacer.

Un tipo saca el arma y me apunta directo a la cabeza, en los ojos del resto puedo ver el ego aumentar el tamaño de sus diminutas pollas.

—Seguro que fue por esa perra —murmura en un tono que no sé si ha oído Tullio.

Miro a Roma, este sonríe, luego levanto mi mano derecha y chasqueo los dedos. Un segundo después el tipo está en el suelo con un agujero en el cuello que provoca que se ahogue con su propia sangre.

Roma aplaude entusiasmado.

—Me encanta cuando haces magia, primito, eres un auténtico mago.

Tullio me mira enfadado, la ira estalla en sus ojos, y aunque me encantaría chasquear los dedos de mi mano izquierda para que cada uno de esta sala muera, no puedo hacerlo. No es la manera de conseguir el poder. Así que respiro hondo y trato de ganarme el favor de mi futuro suegro.

—Sé que no son formas, pero me faltó el respeto y, lo que es peor, se lo faltó a tu hija, así que no me voy a disculpar por haberlo matado.

—Baglioni, estás muerto —sisea Salvatore, y Roma chasquea sus dedos.

Todos se encogen, cobardes, pero esta vez no hay un disparo atravesando la ventana. Ahora todos tienen un punto rojo en sus frentes y miran de un lado a otro.

—No estaría yo tan seguro de que mi cadáver fuera el que encontraran aquí los de la limpieza.

—Hay alguien que puede ser testigo en esta historia, está de camino —dice Tullio, bajando el móvil—. Esperaremos hasta entonces para tomar una decisión sobre Nicola.

Les habla a los demás, no a mí, creo que mi truquito le ha gustado. Puede que su intención fuera impartir justicia conmigo, pero se ha dado cuenta de cómo de bueno soy y lo mucho que le gustaría tener a mis hombres bajo su mando. Poder, eso es lo que mueve a los tipos como él. Lo que nunca va a entender es que mis soldados no lo son porque les pague, lo son por lealtad, una que él no ha sentido jamás por nadie que no sea él mismo.

Con otro gesto, los puntos rojos desaparecen, aunque la mirada de miedo de muchos de los allí presentes no. Son todos de la vieja escuela, una generación ya demasiado mayor, necesitan darle paso a los siguientes, aunque si son todos como el difunto, entiendo que no quieran dejar el poder.

—¿Quién crees que es el testigo? —pregunta Roma en un volumen que solo yo puedo oír.

—Ni idea, imagino que un camarero o quizás alguien vio algo que se grabó en las cámaras de seguridad.

—No me cuadra. Revisé eso y no había ninguna donde estábamos, ni cerca. Y camareros no faltaban cuando todo ocurrió.

—Es probable, entonces, que hayan sobornado a alguien para que mienta.

—Tiene sentido, ¿crees que Tullio te quiere muerto?

—Puede que hasta hace un momento sí, ahora me parece que ha cambiado su forma de verme.

—Tú también has notado que se le ha puesto dura al ver tu espectáculo, ¿eh?

Sonrío y meneo la cabeza.

Alguien entra a recoger el cuerpo del que ha pensado que podía amenazarme con tanta alegría, pero el cerco de sangre de la alfombra va a ser difícil de quitar. Se escucha la puerta casi media hora después, y quien aparece detrás no me lo espero.

—¿Qué hace aquí mi prometida? —pregunto cabreado.

Ella entra atemorizada mirando a todos. Eso hace que mi ira aumente. Una cosa es tratar de asustarme a mí, otra muy diferente es usarla a ella para esto.

—Todavía es mi hija —comenta Tullio, y quiero pegarle un tiro, pero no es el momento.

Ese parece ser mi mantra últimamente.

—Bastante tuvo con ver a Libio morir como para que ahora la traigas aquí —le digo, para que ella sepa que esto no tiene nada que ver con eso.

Ella me mira y veo determinación en sus ojos. Creo que su entrada ha sido todo un acto. Me confunde y gusta esta mujer a partes iguales.

—Ven, Serenella, necesitamos hacerte unas preguntas —le dice Tullio, y todos tomamos asiento mientras ella se queda de pie delante de todos.

Se ha cambiado de ropa y huele a limpio, a ducha, me encanta que no use esas mierdas de olor a vainilla que la mayoría se ponen pensando que es *sexy*.

—Claro, papá, dime.

—Se ha encontrado el cuerpo de Alessandro Domenico con un tiro en la cabeza, tu prometido ha confesado que ha sido él, ¿tienes algo que decir?

Seren me mira y luego baja la vista, como si fuera una dama atormentada por tener que pensar en la muerte, como si le afectara en realidad eso. Cuando alza la cara, las lágrimas que corren por sus mejillas me hacen estremecerme.

—Desde hace tiempo Alessandro me acosaba, trataba de que me entregara a él, quería entrar a formar parte de los Farnese.

Su voz tiembla, al igual que sus manos, pero el brillo en sus ojos, ese al que estoy volviéndome adicto, me dice que todo esto no es más que una actuación.

—Toma. —Salvatore le tiene un pañuelo y ella suelta un «gracias» apenas audible mientras trata de calmarse.

—En la fiesta, él fue más allá, si Nicola no hubiera aparecido no sé qué hubiera pasado —suelta de pronto.

Roma y yo nos miramos.

—¿Por qué no dijiste nada, hija? Una afrenta así se paga con la muerte —gruñe Tullio, ofendido.

—Me daba vergüenza, no quería que nuestro apellido se manchara de alguna manera, y cuando Nicola lo mató, yo… yo solo me sentí aliviada. He rezado mucho por mi alma desde ese día.

—¿Fue así? —pregunta Tullio mirándome, y asiento sin decir nada.

—Le pedí que no dijera nada, no quería que nuestra familia apareciera relacionada, y él me lo concedió, quería guardar mi honra por encima de todo.

Tengo que contener una carcajada porque está claro que no es virgen, y me da igual, aunque tengo unas ganas tremendas de saber qué se siente cuando mi polla entre en su interior.

Los siguientes minutos son una serie de preguntas echas algunas con malicia. Seren las contesta todas sin perder el aspecto frágil y delicado que ahora mismo tiene. Una vez que todos quedan satisfechos con sus respuestas, Tullio pasa a dictar sentencia.

—Creo que te debo estar agradecido por tratar de ayudar a nuestra familia —sus palabras hacen que me relaje y pueda dar un descanso a mi cerebro, llevo desde que ha entrado Seren en la sala pensando cómo protegerla si necesitaba que entraran mis hombres—. Veo que he elegido a un buen hombre para mi hija. Lo único que te pido, por favor, es que, si algo así vuelve a ocurrir, hagas dos cosas.

—¿Cuáles? —pregunto interesado.

—Que me lo comuniques porque soy el jefe de este territorio.

—Tienes razón, y me disculpo por ello. —Mis palabras agradan a Tullio, que sonríe—. ¿Y cuál es la otra cosa?

—Que no le pintes pollas en la cara a los cadáveres.

Esta vez no puedo evitar soltar una carcajada y asentir.

—Creo que ya está todo resuelto —suelta Vincenzo, y todos se levantan.

Aprovecho y me acerco a Tullio.

—He hablado con Serenella sobre nuestra boda y será en dos semanas, ¿te parece bien?

Le pregunto como si me importara una mierda su opinión. La verdad es que quiero hacerla mi esposa y largarme de Palermo ya.

—Por mí no hay problema, pero no creas que será una fiesta pequeña.

—Por supuesto que no, sois la realeza de Palermo y así se verá, tengo el dinero necesario como para ello.

Sonríe y asiente mientras se va junto a Seren y el resto.

Roma se acerca a la ventana por donde ha entrado el disparo, y sin ningún pudor, se da la vuelta y le enseña el culo a mis hombres, que todavía vigilan.

—Vas a ganarte un tiro y yo no voy a decir nada —le advierto.

El impacto llega un segundo después de que él se aparte. Por suerte, ya solo estamos nosotros dos aquí. La butaca de Vincenzo ahora tiene una bala dentro del cojín.

Seren entra de nuevo y ambos nos quedamos mirando en silencio.

—¿Me voy? —sugiere Roma, y ambos negamos con la cabeza.

—No, solo será un momento. Quiero saber si lo que me dijiste de que ibas a comprar una casa aquí sigue en pie después de nuestra pelea.

—Sí, no voy a alejarte de tus hermanas.

—Gracias.

Doy un par de pasos hacia ella y bajo mi boca a su oído para que solo ella escuche.

—También sigue en pie que la noche de bodas voy a follarte, y créeme, Seren, no vas a poder andar después de eso en, al menos, una semana.

Capítulo 15

Nicola

Conduzco por Catania para poder despejar mi mente, voy a ir a ver a mi madre antes de la reunión, necesito contarle que en una semana me caso y que no va a estar porque no quiero que le hagan daño.

Llego al estacionamiento de donde pasa la mayor parte del tiempo y aparco mi deportivo en el reservado que pago para poder usarlo cuando quiera.

—Buenas, señor Baglioni, su madre está en el jardín ahora mismo.

Sonrío y le devuelvo el saludo a una de las enfermeras del lugar mientras me dirijo hacia donde me ha dicho.

Vivo en una casa inmensa donde, por supuesto, mi madre tiene un lugar especial, pero en uno de sus momentos de lucidez me dijo que allí se siente sola, que, aunque hay una persona cuidándola, le gusta más estar aquí. Viajo mucho, así que lo entiendo, pero cuando regreso a casa siempre le aviso para que pase unos días conmigo allí.

—Hola, mamá —le digo, acercándome mientras la veo acariciar las hojas de una flor que tiene entre las manos.

Levanta la vista y sonríe. Mi pecho se contrae, hoy es uno de esos días en los que vuelve a ser ella.

—Hola, mi amor, sabía que hoy ibas a venir.

—Siempre lo sabes —me burlo, y le doy un beso.

Me siento a su lado y cojo su mano entre las mías. Siempre me ha gustado mucho el contacto entre nosotros, no soporto demasiado que alguien me toque, sin embargo, con ella lo necesito.

—¿Has llegado hoy?

—En realidad, llevo ya unos días por aquí, pero tengo mucho lío ahora mismo con la posible creación de la Élite.

Con ella hablo sin secretos ni medias verdades. Sé que no va a decir nada, incluso en sus momentos de menos lucidez es fiel y leal.

—¿Solo eso? —pregunta, y sonrío porque me conoce demasiado bien.

—Voy a casarme el sábado que viene.

Amplía los ojos y luego apoya su cabeza en mi hombro. Nos recostamos en el banco y miramos el jardín que tenemos delante.

—Supongo que no es por amor si no me la has presentado.

—Supones bien, es una transacción.

—¿Y ella lo sabe?

—Sí.

—Mejor, no quiero que mi hijo haga infeliz a una muchacha por muy buen negocio que sea.

—Nunca lo haría, en todo momento ella ha sido consciente de nuestra situación.

—¿Es guapa?

—Preciosa. Tiene muy buen gusto para la ropa y el brillo de sus ojos cuando se enfada o trama algo hace que el color ámbar se vuelva intenso.

Aun más cuando su increíble pelo negro los enmarca.

—Me alegro de que no sea solo un negocio —murmura.

—Mamá, no veas nada más allá de lo que es. Seren solo es un medio para un fin.

—Siempre has sido el último en ver lo que sientes, hazme un favor y dile a Roma que, cuando se dé cuenta de lo mucho que te gusta, te lo haga ver a ti también.

Me río porque mi madre y mi primo son cómplices en demasiadas cosas. Para ella es como un hijo tanto como para mí es un hermano.

—No quiero que vayas, pero no es porque me avergüence de ti —le aclaro.

—Por supuesto que no es por eso, te he criado bien. Si no me quieres allí tendrás tus motivos, solo espero que el día que te enamores pueda conocer a la mujer que te haga perder la razón.

Decido cambiar de tema y le cuento sobre la cagada de Roma al pintarle una polla en la cara a Alessandro. También le hablo de cómo Seren le plantó cara a mi padre y cómo me defendió frente al suyo cuando se me acusó de la muerte de Domenico.

No sé el rato que llevamos cuando me doy cuenta de que mi madre bosteza y le cuesta mantenerse despierta. Las pastillas que toma tienen ese efecto.

—Voy a llevarte ahora dentro para que puedas descansar, si quieres venir a casa esta semana, estaré encantado de que me ayudes con el traje de novio.

—Claro que lo haré —dice, apoyando su cabeza en mi pecho cuando la cojo en brazos—. Si te dejo solo con Roma, ese chico es capaz de hacerte llegar a la iglesia con un traje de plátanos.

Me río porque no es algo tan descabellado, si algo le gusta a mi primo es «destacar en la moda», como él lo llama.

Dejo a mi madre en su cama y le beso la frente, tiene ya los ojos cerrados.

—Hijo —me llama cuando estoy saliendo por la puerta—, puede que no haga falta esperar a que Roma te diga nada.

Tras estas palabras, se gira y termina de dormirse.

Me voy de allí tratando de descifrarlo sin conseguirlo. Llego al lugar de reunión a la hora acordada. Los irlandeses y los rusos ya están aquí. Roma también.

—Veo que sois más puntuales que yo —digo a modo de saludo.

Keanan y Keyran sonríen y asienten, no está Cathal, pero no es algo que me extrañe, no suele salir de Irlanda por su hija.

—¿Y tú eres? —pregunto, mirando hacia la mujer al lado del enviado del ruso.

—Teresa.

—No la mires —gruñe Zakrone, y meneo la cabeza.

Él es *pakhan* y no le caigo bien, a su amigo Lev, también *pakhan* de otro territorio, tampoco.

—¿Puedes decirnos ya para qué estamos aquí? —inquiere Keyran, y tomo asiento.

—¿Ella es de fiar? —le pregunto a los rusos, mirando a la mujer.

—«Ella» está aquí y «ella» puede patear tu culo italiano sin despeinarse —contesta la tal Teresa, por el acento creo que es mexicana.

—Es de mi plena confianza —asegura Zakrone, y su palabra me basta.

Por cómo la mira, está claro que entre estos dos hay algo. Aunque, para ser sinceros, prefiero a la chica antes que al hermano, es un puto tarado.

—Os he reunido porque tengo una propuesta que haceros, quiero crear un grupo, un círculo de protección, la Élite.

—El nombre se me ocurrió a mí —interviene Roma, sentado ahora a mi lado.

Lo ignoro y prosigo.

—La idea es que nos juntemos varias facciones de diferentes sindicatos para coordinarnos y ser una fuerza imparable.

—¿Quieres que rusos, irlandeses e italianos juguemos juntos a los jefes del crimen? —pregunta Keanan, y asiento.

—¿Y qué ganamos en todo esto? —inquiere Lev.

—Protección. Si uno de nosotros necesita ayuda podrá contar con el resto de los miembros de la Élite. Además, al formar parte te aseguras de que no van a ir a por tus intereses, y que si se enteran de algo que pueda perjudicarte la información te llegará de forma directa.

Todos los allí presentes me miran y se quedan pensativos.

—¿A quién más piensas incluir? —pregunta Keyran.

—Vosotros sois los primeros, si aceptáis, la entrada del resto tendrá que ser votada, por eso somos tres de momento, para evitar empates en caso de que fuera necesario tomar una decisión a mano alzada.

—Tenemos que hablar con Cathal, pero puede interesarnos, aunque voy a ser directo en algo: ¿tienes pensado en que el Sir forme parte de esto?

Sé que ese tipo es un loco, alguien que se cree que está por encima de todos y con una crueldad que asusta, si la mitad de las historias que me han llegado son ciertas, preferiría no tener que ver a ese hombre jamás en la vida.

—Por mi parte, no me interesa que alguien como él entre en esto —le aclaro, y él asiente complacido.

—¿Alguna pregunta por vuestra parte? —curioseo, mirando a los rusos y la mexicana, que ahora juega con un machete en la mesa.

—No, porque no nos interesa —sentencia Lev.

—¿Puedo saber el motivo?

—Te vas a casar con una Farnese por lo que he oído, odio a su padre y quiero verlo muerto, así que no creo que aliarnos sea lo más conveniente.

—Puedo asegurarte que esa unión es una transacción comercial y que mantener con vida a Tullio no está dentro de mis prioridades.

—¿Y a tu mujer?

—Ella no se toca —gruño.

Lev y Zakrone se miran y sonríen.

—Lo pensaremos.

Miro a Roma porque no tengo claro si eso es bueno o malo.

Los rusos se despiden de inmediato, alegando que la mexicana iba tarde para un encargo; no sé a qué se dedica, tiene pinta de matona, aunque también de prostituta.

Una vez que nos quedamos a solas con los irlandeses, la cosa se relaja. Conozco a estos dos desde hace años. No es que seamos mejores amigos, pero en el pasado hemos trabajado juntos y no ha habido ningún problema.

—Así que, así estoy, he conocido a un jodido ángel y ahora no sé cómo hacer para que entre en mi vida —se queja Keyran.

—No sabéis lo intenso que está con la rubia de Nueva York, estoy muy a punto de pegarle un tiro —gruñe Keanan.

—Es que no es tan fácil cuando el amor de tu vida es ajeno a lo que haces, al mundo en el que habitas, eso sin contar que estamos separados por miles de kilómetros de distancia.

—Secuéstrala —suelta Roma de pronto.

—¿Cómo dices?

—Que la secuestres, conozco a unos tipos que hacen portes de este tipo. Odio la trata de personas, pero siempre es bueno saber quién se encarga de esta mierda por si llegara a necesitarlo en algún momento.

—¿Son de fiar? —pregunta Keyran, interesado.

—No me jodas, ¿te lo estás pensando? —lo corta Keanan.

—A ver, de fiar no son, obviamente, son una mierda de personas que trafican con seres humanos, lo que sí tienen es un precio.

Keyran se recuesta sobre su silla y se queda pensativo. Keanan rueda los ojos y Roma sonríe.

—Pásame el contacto —dice al final Keyran.

Dos putos locos cerca no es buena idea.

—¿Y tu futura mujer qué tal es? —pregunta Keanan, ignorando a los dos tarados de nuestro lado.

—Guapa, inteligente y leal.

—Mala combinación para ser solo un negocio —se burla.

Me río, aunque tiene razón.

—¿Y qué tal besa? —curiosea Keyran, y entonces me doy cuenta, no lo sé.

Joder, ¿cómo es posible que pueda tener su sabor en mi boca y no saber cómo besa?

—Tengo que hacer una cosa —me despido, levantándome.

Me miran extrañados, pero no hacen preguntas. Cojo el coche y pongo rumbo a mi objetivo sin dejar de pensar en que voy a casarme en una semana con una mujer a la que ni he besado.

Tardo exactamente dos horas en llegar a la residencia Farnese, como si hubiera estado previsto, a la vez que yo llega un taxi. De él se bajan las cuatro hermanas. Las observo un momento. Cada una tiene un estilo diferente, hermosas sin lugar a dudas, pero la que parece una reina es Seren, ella destaca como la luna en un cielo sin estrellas.

—Buenas noches, señoritas.

Dan un pequeño grito, las he asustado.

—Entrad dentro —les ordena mi perla.

Ninguna protesta, normal, es una reina.

—¿Qué haces aquí? —pregunta una vez que estamos a solas.

—Me he dado cuenta de una cosa, no nos hemos besado.

—¿Y?

—Vengo a ponerle remedio.

Sin dejar que lo piense me acerco, la rodeo con mi brazo y la estrello contra mi pecho a la vez que mis labios se posan sobre los suyos. Abre la boca y mi lengua se introduce. Sabe a especias y a algo que me da miedo: hogar.

Capítulo 16

Seren

Miro mi vestido blanco y las dudas me asaltan. Cuando empiece la marcha nupcial saldré delante de todos, con mis tatuajes sin tapar, y sé que mi padre se va a cabrear, pero algo dentro de mí me impedía casarme ocultándolos.

—Serenella, es la hora.

La voz de papá llega del otro lado. Estoy sola, no ha dejado que mis hermanas se queden; ellas están en el altar esperándome junto al que será mi marido.

Nicola Baglioni, el hombre que hace una semana me dio el beso más increíble de mi vida y después se fue. El mismo que me ha mandado mensajes todos los días para preguntarme cómo estaba y el mismo que le pegó un tiro a Alessandro solo porque me molestaba.

«¿Por qué estoy tan nerviosa si esto no es más que un acuerdo de negocios?».

Salgo y mi padre pone su brazo para que lo coja. Como manda la tradición, voy a caminar hasta mi prometido y seré entregada de un hombre a otro.

—Ya hablaremos de esto —gruñe, mirando mis tatuajes; por suerte para mí, desde hoy no podrá hacer nada.

La marcha nupcial suena y me dispongo a caminar hacia él. El pasillo es largo. Con el velo apenas reconozco caras. Voy mirando mi ramo casi todo el trayecto, hasta que la canción cambia a una que…

—No puede ser —susurro.

—Esto es cosa de Baglioni, dio carta blanca a todo en la boda salvo a esto, supongo que es alguna tradición rara de su familia —murmura mi padre.

Escucho las letras del piano y sé que no es nada de eso. La marcha nupcial ahora es una melodía de mi serie favorita: *Sailor Moon*.

¿Cómo lo ha sabido? Supongo que de la misma manera que supo que amo los batidos de fresa. No es ningún secreto que Fiore y yo somos muy fans de estos dibujos.

Miro a Nicola y el corazón se me acelera, ¿es posible que todo vaya bien entre nosotros?

Cuando llego al altar y me paro a su lado, un leve roce de su mano con la mía me eriza la piel. Nos sentamos y escucho la ceremonia, aunque no me detengo a oír realmente las palabras del sacerdote, todos mis sentidos están puestos en el hombre que tengo a mi lado y que, de hoy en adelante, se va a convertir en mi marido.

Sé que digo que sí cuando me preguntan, y él también lo hace, sin embargo, mi mente está atrapada en la forma en la que roza sus dedos sobre mi mano de una forma imperceptible para el resto del mundo. Tan solo yo lo sé.

—Os declaro marido y mujer, puedes besar a la novia.

Me pongo en pie y veo a mis hermanas. Están llorando, puede que los demás crean que es de felicidad, pero no, es porque nos vamos a separar al final del día y por primera vez ya no viviremos todas juntas.

Me giro y encaro a Nicola, detrás de él está Roma, que le dice algo y este le gruñe. Cuando sus ojos y los míos se conectan a través del velo, una corriente eléctrica pasa por mi cuerpo. Con suavidad alza la tela que hay sobre mi cara y me mira con una intensidad que me asusta.

—*Ma perle*, por fin eres mía de verdad —murmura, y antes de que pueda decir algo, me toma con su habitual gesto rodeando mi cintura con su brazo y me atrae hasta él.

Cuando sus labios chocan contra los míos, lo escucho gruñir y me dejo llevar por la sensación que me invade, al menos hasta que oigo los aplausos de los invitados y me doy cuenta de dónde estamos.

Nicola tiene ese efecto en mí, logra que el mundo desaparezca a nuestro alrededor, y eso me aterra.

Nos giramos y saludamos a todos. Nicola me tiene agarrada de la mano y la besa. Sus ojos son una promesa que sé que va a cumplir.

«No vas a poder andar después de eso en, al menos, una semana».

Sus palabras vuelven a mi mente, y cuando estamos fuera de la iglesia tira de mí y vuelve a besarme mientras los invitados aplauden de nuevo. Cualquiera que nos vea pensaría que somos una pareja de enamorados.

Lo miro y no puedo evitar imaginar su cuerpo debajo de ese traje. Le queda ajustado, pero no apretado, es elegante y a la vez capaz de dejar ver sus tatuajes, como los míos, son parte de nosotros y no lo oculta.

Nicola me mira y sonríe.

—¿Qué? —pregunto.

—Sigue mirándome así y empezaré a cumplir mi promesa antes del banquete.

Mierda, esto debería asustarme, en lugar de eso, noto como la humedad cubre mi ropa interior y mi respiración se agita.

—Decidido, en la limusina voy a lamerte hasta hacerte gritar, señora Baglioni.

Capítulo 17

Nicola

Ayudo a mi mujer a colocarse bien el vestido cuando la limusina se detiene en la puerta del hotel donde celebramos la recepción de nuestra boda.

«Mi mujer», es curioso, pensaba que me sonaría más raro decirlo, sin embargo, suena como… natural.

Me limpio la boca con el pañuelo de mi traje y ella se ruboriza. Lo que acabamos de hacer aquí dentro es algo por lo que acabo de enviar un mensaje a Roma y le he pedido que compre este coche a la compañía que nos lo ha alquilado. También le doy las gracias por obligarme a que fuera insonorizado.

—¿Preparada para enfrentarte a todo el mundo como la señora Baglioni? —pregunto, queriendo saber si me corrige.

Mi apellido no es tan valioso como el suyo, pero no lo hace, solo sonríe y asiente.

Entramos de la mano y dejo que nos vean bien, puede que esto sea un matrimonio de conveniencia, pero no deja de ser mía.

Saludo a toda la gente que Farnese me va presentando. Si digo la verdad, no conozco ni a la mitad de las personas invitadas, son todas de Palermo, por mi parte solo estamos Roma y yo, además de mis chicos de seguridad, aunque ellos no se mezclan con los invitados, los vigilan.

Nos sentamos en la mesa presidencial, Farnese junto a Seren y Roma a mi lado. El resto de la familia está repartido por varias mesas.

—El lugar ha quedado espectacular —le comento a mi mujer, sé que organizar todo en dos semanas ha debido de ser jodido, aunque empiezo a darme cuenta de que lo que ella quiere, lo consigue.

—Gracias, tu dinero y mi apellido han sido de gran ayuda.

—Sobre eso, deberíamos hablar de qué apellido tendrá mi nieto —interviene Farnese, y me tenso.

—Papá, seremos mi marido y yo los que decidamos eso —le contesta y, me deja perplejo, hasta ahora no lo había enfrentado, y que sea por algo relacionado conmigo me gusta.

Farnese me mira y yo le hago un gesto como que ella está loca, lo necesito de mi lado. Él me sonríe y se relaja. Toma una copa de vino y comienza a comerse los entrantes que nos han colocado delante.

—Gracias por el *whisky* —le digo a Roma.

—No he sido yo, tu mujer se encargó de que tuvieras lo que te gusta sobre la mesa.

La miro y sonrío, pensando en que podría ser un escándalo tener lo que quiero ahora mismo sobre la mesa.

Cuando la comida termina y se reparte la tarta, nos indican que podemos abrir el baile cuando queramos. Para este momento veo a muchos de los hombres de Farnese demasiado borrachos.

—¿Me concedes el primer baile como mi mujer? —le pregunto a Seren, y ella sonríe; el brillo de sus ojos, ese que me obsesiona ver, se instala en su mirada, haciendo que mi pecho se apriete.

—Te advierto que se me da de pena lo del vals.

—Roma me ha dicho que ha elegido él la canción, así que es probable que nos ponga Bob Esponja.

Seren se ríe, y me gusta haber provocado yo ese gesto.

Cuando las notas comienzan a sonar, miro a mi primo; solo a él se le ocurriría poner la *intro* de nuestra serie favorita. Meneo la cabeza mientras él sonríe con sus pulgares levantados.

—Siento la familia en la que has entrado —declaro mientras nos llevo por la pista de baile.

Estamos rodeados por un centenar de personas, sin embargo, para mí ahora mismo solo está ella.

—No soy la más indicada para hablar sobre familias —confiesa—. ¿Puedo hacerte una pregunta?

—Las que quieras.

—¿Por qué no ha venido nadie de la tuya a la boda?

—Sí lo han hecho, están Umberto, Davide y Pietro.

—Esos son tus soldados, me refiero a familia.

—Ellos lo son, la que he elegido. Son leales, conocen mi mierda y me soportan. Si eso no define a la familia, no sé qué lo hace.

—Te voy a dar la razón.

—A mi padre y su familia ya la conoces, no quiero a madre aquí, solo me avergonzaría con su comportamiento. Y mi madre, bueno, de ella tengo mucho que contarte, pero sabe lo que estoy haciendo ahora mismo.

—¿Por qué las llamas de esa forma? Entiendo que una es la biológica y la otra tu madrastra —inquiere curiosa.

Mi mujer es inteligente y se ha dado cuenta de que algo ocurre.

—Cuando era muy pequeño me separaron de mi madre biológica, mi padre me llevó con él y su mujer. Creía que podríamos ser una familia, pero eso solo duró hasta que ella se quedó embarazada de Luciano, cuando supo que tendría un hijo varón, yo pasé a un segundo plano.

—Qué arcaico —murmura, frunciendo la nariz.

—Aun así, siempre ha vivido de las apariencias, y quería que delante de todo el mundo la llamara mamá. No podía, no cuando en privado me daba con el cinturón si mi hermano se caía y se hacía daño, incluso si yo ni siquiera estaba en casa en ese momento. Así que usé la palabra que más ajena al amor pude encontrar para describirla.

—Debiste ser un niño muy inteligente.

—Y cabezota.

La música termina y no puedo evitar besar a mi mujer mientras la siguiente comienza, sus labios son más suaves de lo que podría imaginar, y su lengua juega con la mía, excitándome como un jodido adolescente.

—¿Puedo bailar ya con mi primita o dejo que folléis en medio de la pista primero? —nos interrumpe Roma, y gruño sin dejar de besar a mi mujer.

Me aparto solo porque Seren no puede evitar reírse al ver a Roma poner caras de idiota. Lo voy a matar.

—¿Y yo con quien bailo? —pregunto ofendido al verme relegado.

—Tu suegro está solito —suelta Roma, y Seren vuelve a reírse.

—Cómeme la polla, Roma.

—No voy a quitarle trabajo a tu señora esposa. —Seren le da un pisotón y ahora es mi turno de sonreír—. Si quieres entretenerte, ve a ver qué hace Umberto hablando con esa cara de enamorado con tu cuñada.

Miro hacia donde él me señala y veo a mi soldado con Nella, se la come con la mirada y yo voy a asesinarlo.

—Yo te cuido la esposa —se ríe Roma mientras pongo rumbo hacia el fondo de la sala.

Cuando llego, Umberto puede leer en mi cara que no estoy nada contento y se pone firme.

—¿Algo que deba saber? —pregunto mirando a Nella, y ella se toca el pelo coqueta mientras echa un vistazo a Umberto.

—Solo estoy conociendo a los hombres que van a proteger a mi hermana cuando te la lleves lejos.

—Me parece genial, entonces te digo: Umberto es demasiado mayor como para que no sea asqueroso que se le levante la polla por mirarte, también tiene dos hijos, todavía pequeños, que te pueden llamar mamá si su ex no te arranca los ojos porque es una puta loca de manual. ¿Me dejo algo, Umberto?

—Para ser sinceros, lo has resumido bastante bien, jefe. Prometo que no hacía nada malo, mirar un escaparate no es lo mismo que entrar a la tienda a comprar.

Gruño.

—Sigue mirando desde fuera, ni se te ocurra intentar entrar. Y dales la orden al resto. Meter la polla en una Farnese equivale a perderla, ¿entendido?

—Alto y claro.

Nella me mira y frunce la nariz, ese gesto me recuerda a su hermana.

—Eres un rollo.

—Y yo creo que vais a darme mucho trabajo.

Mi cuñada se ríe y se va a la pista de baile.

La velada transcurre sin demasiados incidentes. Algún borracho que otro la lía, pero poco más que eso.

Pietro me informa que mi padre ha intentado acceder con el resto de su familia y que ha sido la propia Seren la que los ha echado casi a patadas. Ella no me ha dicho nada, me da la impresión de que es del tipo de personas que cuando hacen esta clase de cosas no alardea de ellas, solo lo hace y sigue con su vida.

Mi mujer me está gustando más de lo que pensé en un primer momento, su atractivo exterior solo es una gota en el océano de su belleza interna.

Para cuando ya tengo ganas de largarme, veo a Ori llegar hasta mí, cogerme de la mano y llevarme sin decir una palabra hasta unas cortinas que dividen el salón en el que estamos. Al otro lado se encuentra mi mujer, sus otras dos hermanas y Roma.

—¿Qué pasa? —pregunto, viendo la reunión familiar.

—Es hora de irse, he oído a Vincenzo que van a pedir la prueba de la sábana —sisea Fiore.

Frunzo el ceño porque no tengo ni idea de qué cojones va eso, y cuando Nella lo explica me quedo totalmente perplejo. ¿Quién pide ver la sábana en la que hay sangre que demuestra que la novia era pura?

—Tienes claro que no soy virgen, ¿no? —dice Seren, y me molesta, no el hecho de que no lo sea, eso es mierda primitiva, sino el pensar que ha habido algún hombre antes que yo.

«Joder, relájate, solo te falta agarrarla por los pelos y arrastrarla dentro de la cueva».

—¿Crees que tu padre te obligaría a enseñar eso? —pregunta Roma, y ella me mira, haciendo que recuerde cómo quería que se desnudase el día de la subasta.

Gruño y me cabreo sobremanera. Agarro a Seren y paso un brazo por su cintura para ajustarla a mi lado.

—Es momento de irnos o voy a matar a mi suegro, esa es la única sangre que podrá ver esta noche.

Capítulo 18

Seren

Cuando Nico me saca de allí, un coche nos está esperando con dos de sus hombres, otro nos escolta por delante con la moto y el resto, junto a Roma, van en el todoterreno que cierra nuestra comitiva.

Apenas he podido despedirme de mis hermanas, lo cual agradezco porque ahora mismo se me está haciendo un mundo darme cuenta de que mi vida tal y como la conocía ha cambiado.

Vamos directos a un aeródromo que mi padre suele usar y nos subimos a un *jet* privado; la palabra lujo se quedaría corto para describirlo.

—Tienes tus maletas en la habitación del fondo, por si quieres quitarte el vestido y ponerte cómoda —me explica Nicola cuando el avión ya está estable en el aire.

El vuelo es de apenas una hora y, para ser sincera, estoy decepcionada de que no sea él quien lo arranque de mi cuerpo. Bajo la vista y voy hacia donde me ha dicho cuando escucho a Roma hablar, y la vergüenza me invade.

—Creo que pensaba que serías tú quien le quitara el vestido, primo.

No me quedo a escuchar la respuesta y cierro tras de mí. Pongo la bolsa de mano sobre la cama y busco un conjunto de los que he preparado para ponerme cómoda, aunque no pensaba que lo utilizaría antes de mañana.

La puerta se abre y, al mirar por encima del hombro, veo a Nico. Se apoya en la madera tras cerrarla y se queda quieto, observándome.

—Te voy a reconocer algo, y es que quiero quitarte ese vestido más de lo que quiero volver a respirar, sin embargo, ahora eres mi mujer y no voy a dejar que me pagues con tu cuerpo ninguna mierda de las que hemos hablado.

—Fueron tus condiciones —le recuerdo, encarándolo.

—Y soy un imbécil que no tiene problemas en reconocerlo. La cuestión es que las cosas han cambiado, Seren.

El tono ronco en su voz al decir mi nombre hace que se me erice la piel. Nico se acerca y pasa sus dedos por mi brazo, una caricia que hace que quiera rogarle que me folle.

Sin previo aviso me besa, muerde mis labios y me aprieta contra su cuerpo, lame mi cuello y clavo mis uñas en su nuca, haciendo que gruña.

—No voy a dejar que mis hombres escuchen cómo suenas cuando te corres —se disculpa antes de darme otro beso rápido y salir de la habitación del avión.

Me quedo aturdida y noto mis labios hinchados, sé que debo estar hecha un desastre ahora mismo y no me apetece aguantar las bromas de Roma, así que me tumbo en la cama y, antes de que pueda darme cuenta, me quedo dormida.

No sé en qué momento aterrizamos, solo recuerdo cómo vagamente Nico me ha recogido de la cama y sentado en su regazo, rodeándome con el cinturón. Después me ha cargado hasta un coche y, por último..., ya no recuerdo nada más.

Me despierto con el ruido de la ducha y noto que la cama está vacía. Me levanto y veo en mi reflejo la cara que llevo. Mi maquillaje es un desastre, mi pelo también y mi ropa, mi ropa no está, solo llevo una camiseta grande de los Simpson que huele a él.

Sonrío.

Nico sale del baño con una toalla alrededor de su cintura y creo que acabo de tener un orgasmo visual. Esa jodida V que deberían prohibir tener a los hombres se pierde bajo la tela estúpida que tapa lo que parece un bulto divertido que se mueve cuando me mira su dueño.

—Bienvenida a la vida —se burla, y ruedo los ojos.

Sé que cuando duermo soy como un tronco.

—¿Tú me has quitado la ropa?

—Nadie que quiera seguir vivo lo haría, *ma perle*.

Meneo la cabeza y lo sigo con la mirada mientras se quita la toalla y deja al descubierto un culo hecho para partir nueces. Me meto al baño antes de cometer una estupidez. Quiero que me folle, sí, pero antes de que eso ocurra necesito saber si esto es algo más que solo sexo porque, por mi parte, empiezo a pensar que no y eso me está acojonando de mala manera.

Para cuando salgo tengo la cara limpia, y al abrir el armario mi ropa está colocada, ¿cuándo demonios ha pasado esto? Me pongo algo cómodo y salgo a buscarlo. Me ha dicho que estaría en la cocina y yo le he contestado que *OK*, como si supiera dónde demonios está eso.

Bajo las escaleras y un guardia en la puerta me observa, la indecisión en mi cara debe hacerle gracia porque sonríe y, con un gesto de su cabeza, me indica la dirección.

Llego hasta lo que debe ser la madre de todas las cocinas. Al menos cincuenta metros y una mesa para unos veinte.

—Llegas a tiempo para probar la salsa casera de Nona —me avisa Nico, besando mi mejilla.

Lo hace de una forma casual, relajada, no como el capo que puede matarte si tiene un mal día, solo como una persona no sé, ¿normal?

—Me da igual si es tu esposa, nadie se acerca a mi salsa hasta que lo diga —le regaña una mujer de unos sesenta que debe ser su abuela.

—Oh, veo que has conocido a Nona —dice Roma, entrando y viendo a la mujer con la paleta de cocina amenazándome—, ladra mucho, pero no muerde demasiado.

—¿Es abuela de ambos? —pregunto, y se echan a reír.

—Oh, preciosa, soy la Nona de todos los que viven en esta casa y de ninguno a la vez —contesta la mujer, y vuelve su atención a la salsa, que he de decir que huele a gloria.

—Ella trabaja aquí y nos cuida a todos —me aclara mi marido, y me indica que me siente en la enorme mesa.

Empiezan a llegar varios de sus hombres, a los que me presenta. Alguno ya lo había visto en la boda, a otros parece que les da miedo mirarme. Es curioso, pero desayunan todos juntos como si no fueran nada más que familia. Empiezo a entender a lo que se refería Nico en la boda.

—¿Puedes, por favor, llevarte a tu mujer antes de que nos deje al resto sin nada de chocolate que desayunar? —pregunta Roma, acusándome, y le saco el dedo del medio.

Los hombres se ríen y Roma hace un mohín que me saca una carcajada.

—¿Has acabado? —inquiere Nico al verme tirar la servilleta sobre mi plato y asiento—. Quiero enseñarte la casa.

Cuando me pongo en pie y me despido, me coge de la mano y comienza su recorrido.

En la planta de abajo hay una biblioteca, una sala de billar y dardos, otra de televisión y varios baños. También es aquí donde duerme Nona, tiene mal una rodilla y no le va bien subir las escaleras.

Me entero de que tiene servicio de limpieza, pero de los que no se ven, son discretos porque dice que se siente incómodo teniendo sirvientes, aunque es peor vivir en la mierda porque todos los hombres de aquí son vagos en cuanto a limpieza.

Me enseña varios cuartos vacíos de invitados y el suyo, ahí me doy cuenta de que no estamos compartiendo habitación. Creo que lo ha hecho para que diga algo, pero me callo como la perra que soy y dejo que siga enseñándome el resto.

Me muestra una fabulosa piscina y la casa de invitados, que es donde se queda Roma. También me advierte que voy a ver mucho tráfico de repartidores, está enganchado a las compras en línea.

Me fijo en que hay un montón de muñequitos tejidos, amigurumis creo que se llaman, por toda la casa. Son de muchos tamaños y colores.

—¿Hay niños viviendo en esta casa?

—Sí, mi hijo, luego te lo presento, está deseando llamarte mamá.

Capítulo 19

Seren

Me quedo totalmente paralizada en el momento en que suelta eso, y no soy capaz de reaccionar hasta que Nicola rompe a reír.

—Deberías haberte visto la cara —se burla, y le doy un puñetazo en el hombro.

—Eres un idiota.

—Eso no es algo nuevo.

Se acerca y me besa. Lo hace con tanta naturalidad que parece que lleve haciéndolo toda la vida.

—¿Entonces? —insisto, señalando esos muñequitos.

—¿Te gustan?

—Son monos, yo nunca he tenido paciencia para aprender.

—Mi madre era jodidamente buena, y podía sacar un muñeco de un dibujo sin necesidad de patrón.

Habla en tiempo pasado y no quiero preguntar si está muerta, aunque no tiene sentido porque me dijo que había mucho que contar; si hubiera fallecido habría sonado de otra manera, ¿no?

—Son de él —declara Roma, entrando en la sala y señalando a Nico.

—¿Cómo de él?

—Sí, yo los hago, son mi pasatiempo, me entretengo tejiendo. Hago unos bolsos de crochet monísimos.

Ruedo los ojos porque me está tomando el pelo de nuevo, y cuando veo que esta vez no se ríe, miro a Roma, que asiente con la cabeza.

—¿Es en serio?

—Totalmente, primita, tiene toda la jodida casa invadida de lanas y agujas de esas raras.

—Eso me recuerda que tengo que comprar otro par del ocho, las últimas se las tuve que clavar a aquel albanés que nos atacó en el parque —comenta Nico, como si estuviera hablando de la lista de la compra.

—Siento interrumpir este precioso momento de descubrimiento personal, pero te necesito, Nico, la mexicana la ha liado y tengo a los rusos pidiendo algo de ayuda.

Respira hondo y me mira.

—¿Te importa que vaya? Sé que nos casamos ayer y que te debo una luna de miel…

—Tranquilo, yo me quedo por aquí familiarizándome con tus cosas —contesto, observando el muñeco tamaño llavero de Topo Gigio, y tengo que reconocer que es muy bueno.

Se acerca y me besa como si no fuéramos a vernos en un año, y por un momento me asusto.

—¿Todo bien? —pregunto con el ceño fruncido.

—Sí, es solo que no me gusta separarme de ti tan pronto.

Roma llega y me planta un beso en la mejilla.

Nico le gruñe y su primo echa a correr, riéndose.

—Voy a matar a Roma y luego a solucionar lo de los rusos, espero no tardar demasiado, nos vemos antes de la cena.

Dicho esto, me da otro rápido beso y se lanza tras su primo en una carrera que me hace sonreír por lo idiotas que son.

Me paseo por la casa para familiarizarme con ella, no voy a reconocer que me pierdo dos veces ni que me alegro de que el jardín rodee toda la propiedad para poder salir y ubicarme cuando sucede.

Vuelvo por la piscina hacia la cocina, las puertas ahora están abiertas y escucho a Nona cantando. Tiene una voz horrible, pero suena tan feliz que me contagia su alegría y canto con ella esta canción que es un clásico italiano de los años cincuenta.

Cuando terminamos, hablamos un poco de todo. Me pone al día con lo referente a la casa y la organización, también me dice que puedo cambiar lo que quiera, pero como es obvio, no voy a tocar su cocina por respeto y porque no tengo ni idea de cómo freír un huevo. Ella se horroriza y me dice que me enseñará, no por mi marido, sino para poder alimentar a mis hijos el día de mañana.

Hijos…

Mis pensamientos se cortan cuando suena el teléfono de la cocina. Nona tiene las manos manchadas y me pide que lo coja y ponga el altavoz; por lo visto, está esperando que un tal Tonino le confirme si va a poder traerle una confitura casera de cerezas esta semana o será para la que viene.

—Ayuda, por favor, me están haciendo daño —se escucha a una mujer llorar, y se cuelga.

Nona se queda blanca.

—¿Quién era? —pregunto, y parece que eso la activa.

—Esa era la señora, la madre de Nicola, tu suegra.

Pulsa un botón en un lado de la pared, que no se ve por las especias colgadas, y no tengo ni idea de para qué sirve porque no suena nada.

—¿Dónde está ella? —inquiero, dispuesta a ir a buscarla.

—En una residencia a unos quince minutos de aquí.

Pietro aparece y entiendo que ese botón es algún sistema de seguridad. Nona le cuenta todo y veo que tratan de llamar a Nico, pero tanto su teléfono como el de los que van con él no dan señal.

—Los rusos tienden a hacer estas mierdas de inhibir señales —gruñe Pietro.

—Puede que sea solo una falsa alarma —trata de decir Nona, aunque ella y yo sabemos que el terror en la voz de mi suegra no parecía un teatro.

—Llévame a donde está, entraré a ver qué ocurre —ordeno—, acompáñame por si necesita ver una cara amiga.

Nona asiente y, cuando voy a salir de la cocina, Pietro se me planta delante.

—No te puedo dejar ir, no sabemos si es una trampa o un potencial peligro que ponga en riesgo tu vida.

Pietro me saca una cabeza, así que tengo que coger un banquito que hay a un lado para subirme y ponerme a su altura.

—Que te quede claro una cosa, Pietro, a mí no me da órdenes nadie, ni siquiera Nicola. Así que tienes dos opciones:

apartarte para que pueda ir a coger mi cuchillo de caza y después acompañarme a ver qué cojones le pasa a mi suegra, o sacarte el cuchillo que tiene Nona en ese taco y que te voy a clavar en la pierna mientras voy a ver qué cojones le pasa a mi suegra.

Nuestras miradas se estrechan y no me amilano, no me da miedo, me he criado con tipos así y no estoy mintiendo cuando digo que le clavaré el cuchillo si es necesario.

—Bien, pero no vas sola, y Nicola será informado de todo.

—Claro que lo será, idiota, está pasando algo con su madre.

Pietro se debe creer que soy del tipo que necesita que le guarden secretos a su marido, si quisiera que no se enterara de algo no tendría ni puta idea nadie de lo que escondo, soy jodidamente buena en eso.

Llego a la habitación corriendo y me recojo el pelo en una coleta. Rebusco en mi maleta y saco el cuchillo de caza, ato la cinta de su funda a mi muslo y otra en mi brazo derecho con una navaja de afeitar. Son muy afiladas y cortan la carne como mantequilla. Me encantan.

Cuando los hombres de mi marido me ven aparecer, casi me parece insultante la sorpresa de sus ojos. No soy una dama al uso y puede que parezca una muñequita italiana, pero soy mucho más que eso y están a punto de comprobarlo. Si algo activa mi instinto asesino es que se metan con mi familia, y la madre de Nicola ahora lo es, aunque no la conozca.

Nos subimos a los todoterrenos y en el camino Nona me explica que mi suegra tiene una delicada salud mental, que puede que todo lo que ella esté viviendo solo sea real en su cabeza, sin embargo, algo en su voz me dice que no es así, y el hecho de que hayamos llamado para hablar con ella y nos hayan dicho que duerme nos lo confirma.

—No vayáis a la puerta principal, entraremos por detrás —ordeno tras preguntarle a Nona la forma de llegar a mi suegra más rápida.

Camino a paso rápido por el pasillo, no hay nadie a pesar de que es de día. Entro en la habitación donde se supone que duerme y está vacía.

—Tú y tú, id al control a ver dónde está —ordena Pietro a dos—, yo iré con el resto al jardín. Te aviso cuando la encuentre, quedaos aquí y, si vuelven, me hablas.

Me entrega un *walkie* y asiento.

Nos quedamos solas y el silencio es perturbador, ningún lugar con seres vivos debería tener esta ausencia de sonidos.

Escucho una puerta abrirse, agua, lloros, luego la puerta se cierra y vuelve el silencio.

—¿Esto está insonorizado? —pregunto, no entendiendo el motivo para ello.

Salgo al pasillo y veo a una mujer entrar en una puerta, no se ha dado cuenta de mi presencia y decido ver qué está pasando porque tengo un presentimiento. Nona me sigue, le doy el *walkie* y saco mi cuchillo.

Camino despacio y atenta por si alguien viene, cuando llego giro el pomo y siento la humedad del ambiente antes de entrar. Por los lloros de alguien de allí dentro puedo confirmar que este sitio está insonorizado. Doy unos pasos hacia el interior y veo a dos mujeres vestidas de enfermeras dándole con una manguera a presión a una mujer mayor que tapa a lo que parece una anciana.

—Así aprenderás a no meterte donde no te llaman —se burla una de las cuidadoras.

—Señora —murmura Nona tras de mí, y me doy cuenta de que la mujer que protege a la anciana con su cuerpo es mi suegra.

Ni siquiera lo pienso, llego hasta la que se ríe, la giro y clavo mi cuchillo de caza en su estómago, luego tiro hacia arriba hasta que llego al hueso de las costillas superior, agarro la manguera que sostiene la otra, que está petrificada, y se lo meto en el hueco que acabo de hacer mientras guardo mi cuchillo y veo como ahora la fuente humana cae de rodillas con sus órganos empezando a esparcirse por el suelo.

Me giro hacia la otra, que se acaba de mear del miedo, y sonrío.

—Encantada, soy la señora Baglioni.

Capítulo 20

Nicola

No creo que en la vida haya acelerado tanto un coche. Mi primo Roma no dice nada, solo se sujeta mientras trato de llegar a la residencia de mi madre. Pietro ha llamado y nos ha contado que ha pasado algo, que mi madre está bien, pero que mi mujer puede que necesite ayuda.

Salgo del coche y no me molesto en cerrarlo, Roma hace lo mismo y me sigue. Cuando entro, veo a mis hombres armados merodear mientras algunas enfermeras están llorando en el suelo.

—¿Dónde está?

—Tu madre se ha ido con Nona a casa, Umberto las ha llevado. Está bien, pero Nico, tu mujer…

—¿Qué pasa con ella?

—Joder, es mierda de la dura —me dice Stefano, y no entiendo nada—. Está en esa sala, Pietro no se ha apartado de ella ni un segundo.

Corro hasta allí, y cuando entro, encuentro una escena de lo más macabra. Hay un cuerpo de una enfermera en el suelo con las tripas abiertas y una manguera apagada conectada a su interior. Salto unos intestinos y llego hasta Seren, está agachada junto a otro cuerpo, dándome la espalda. Miro a Pietro y niega con la cabeza. No entiendo nada.

—Su sangre es más oscura —dice mi mujer, nos ha oído entrar, pero no se gira—, la de ambas lo es.

Se levanta y, al girarse, veo que tiene un corte en su brazo, uno que a juzgar por el cuchillo que lleva en su otra mano se ha hecho ella misma.

—*Ma perle* —susurro, apartando la hoja y dándosela a Roma, que nos mira como si mi mujer fuera una bomba a punto de explotar.

—Estoy bien, bueno, todo lo bien que creo que se puede estar después de ser capaz de hacer algo así —dice, señalando el cuerpo mutilado de la mujer a sus pies—. Aquí tienes mi secreto, no es como lo de tejer.

—No, lo cierto es que esto parece mucho más entretenido —le contesto, y me mira con el brillo en los ojos que tanto adoro—. Creo que me va a gustar estar casado contigo.

Ella sonríe y le doy un suave beso para que sepa que estoy aquí.

—Tengo que pedirte algo —murmura—, creo que estoy a punto de desmayarme, la mierda de la adrenalina y todo es…

No acaba la frase cuando sus piernas ceden y la cojo al vuelo. Roma está a mi lado en un momento para ayudarme a pasar entre los cuerpos y coloca una tela en el corte del brazo de Seren.

Pietro nos escolta todo el camino hasta uno de nuestros todoterrenos, el coche en el que he venido volverá a casa de alguna manera, ahora mismo no es mi prioridad.

—Cuéntame qué cojones ha pasado —le gruño a Pietro, y este empieza a hablar.

No me separo de ella ni cuando entro en el coche. Necesito sentirla cerca, sé que está bien, tiene buen pulso, es solo el bajón de adrenalina, así que no tarda en despertar, justo cuando estamos entrando por la puerta de casa.

—¿Está bien? —pregunta Nona preocupada.

—Sí, ¿y mi madre?

—El médico la está revisando y parece que no hay nada grave que lamentar. Oh, Nico, allí le han hecho daño, ¿cómo puede alguien hacer daño a personas que necesitan ayuda?

Nona llora y aprieto a mi mujer contra mi pecho. Susurra algo, pero no la entiendo.

Doy algunas órdenes para que investiguen el lugar. Todos los familiares de las personas de allí han sido avisados y voy a hacerme cargo personalmente de cada una de las cuidadoras que haya hecho daño a alguien allí dentro.

Una vez que el médico me confirma que está todo bien con mi madre y que ahora le ha puesto un sedante para dormir, me llevo a Seren a nuestra habitación. No he sido capaz de alejarme de ella en ningún momento.

—Voy a meterte en la ducha —le informo, y ella asiente.

No me molesto en quitarnos la ropa, solo dejo el agua templarse y me meto debajo. Seren se acurruca más contra mí y yo respiro hondo, sintiendo que esta mujer se ha convertido en una parte importante de mi alma.

—Gracias por ir a ayudar a mi madre —le digo cuando detengo el agua, una vez que veo que ya no hay más sangre que limpiar.

—Es también mi familia —contesta como si fuera lo natural cuando sé que la mayoría ni siquiera se hubiera molestado en ir a ver qué pasaba tras esa llamada.

La bajo al suelo y la ayudo a quitarse le ropa, esto no es nada sexual, aunque no puedo evitar que mi polla salte en mis pantalones cuando la veo desnuda.

La envuelvo en el albornoz y, cuando me asegura que puede ir hasta la cama sola, me ocupo de mi ropa mojada. No pierdo tiempo y me coloco el otro albornoz para volver a su lado. La encuentro tumbada en la cama, acurrucada.

No le dije de compartir estancia porque quería que saliera de ella, y al ver mi habitación esta mañana no ha dicho nada, por lo que he asumido que le parece bien estar separados. A mí no.

Me subo a su lado, ella se gira y se hace una bolita en mi costado.

—¿Estás bien? —pregunto preocupado.

—Sí, supongo que ese es el problema, que sí lo estoy.

Me quedo callado y reviso su herida, no ha querido que la vende.

—¿Cómo sabes que es tan superficial? —inquiero, dándome cuenta de que ahora parece apenas un rasguño.

—Tengo una teoría, la sangre de las personas malas es más oscura que la del resto. Llevo años comparando la mía y he perfeccionado el sistema para que no quedara marcas.

Absorbo la información y no le digo que me acaba de confesar que lleva matando desde hace años, al menos eso he entendido; ahora no es el momento de acusaciones y lo dejo pasar.

—¿Crees que estoy loca?

—No es un término que me guste usar a la ligera —contesto—. A mi madre se lo han llamado demasiadas veces como para hacerlo.

Paso la siguiente hora contándole mi pasado y el de mi madre, cómo cuando mi padre se me llevó ella perdió la cordura. También que creo que en el fondo sigue ahí, solo que a veces es mejor no tenerla y elige vivir feliz en sus delirios.

Esto es algo que no le he contado a nadie, ni siquiera a Roma, pero con ella todo es diferente, quiero que me conozca, que sepa que su oscuridad no me asusta.

—Sabes, creo que podría enamorarme de ti —confiesa, y me asusto.

Y no, no es por miedo al compromiso, es porque me parece que yo ya lo estoy de ella.

Capítulo 21

Seren

Hace tres días que le confesé a mi marido que podría enamorarme y todavía no he obtenido un «yo también», así que ahora me oculto en el jardín tratando de hacer que me trague la tierra por la vergüenza que me da verlo.

Suena mi teléfono y veo que es Ori, me meto en el invernadero para hablar mientras observo unas preciosas flores que parecen delicadas y huelen muy bien.

—Tenemos un objetivo en Catania —suelta en cuanto descuelgo.

—Hola a ti también, me encuentro de maravilla, gracias por preguntar…

—Ya sé que estás bien, y que ahora tu marido sabe la clase de tarada psicópata con la que se casó, así que no te pongas melodramática que no te pega.

—Pues tienes razón. —Me río y ella conmigo.

Estaba preocupada por el momento en que Nicola se diera cuenta de que me pasa algo en la cabeza, pero he de admitir que jamás en la vida pensé que lo vería con sus ojos en vez de que se lo contaría yo, suavizándolo como si de un cuento Disney se tratara.

—¿Todo bien allí? —pregunta Ori, preocupada por mi silencio, por si en realidad no marcha todo como les dije al día siguiente de mi masacre en la residencia.

—Sí, salvo por el hecho de que Roma no para de meterse conmigo, no para de dar gritos de peli de los noventa cuando el jardinero riega las plantas alrededor de la casa con la manguera.

Escucho la risa de Ori y sé que ella estaría haciendo con exactitud lo mismo si estuviéramos juntas.

—Te echo de menos —le confieso.

—Yo también.

Por lo visto, cuando el sentimiento es mutuo no es tan difícil decir esas dos palabras. Me doy una patada en el culo y vuelvo a la conversación.

—Como te decía, hay un objetivo en Catania, así que nos viene genial que vivas allí porque no será sospechoso.

Escucho a mi hermana con atención. El tipo por lo visto se dedica a traer a latinoamericanas con la idea de que aquí serán modelos y lo que hace es meterlas en burdeles de mala muerte. Mi padre es parte de una red de trata de blancas a nivel mundial, lo sabemos desde hace años, pero no podemos hacer nada… Todavía. El primer objetivo que tenemos tras su muerte es cerrar esa mierda y acabar con todos los involucrados.

Una vez que tengo los datos memorizados, porque no queremos dejar nada escrito, hablamos un poco del tipo que intenta que sea su marido. Sabemos que en seis meses nuestro padre la va a subastar como a mí, así que el tiempo juega en nuestra contra y no podemos dejar cabos sueltos.

Cuando cuelgo, tengo la sensación de que me observan y miro a mi alrededor hasta que veo un movimiento detrás de una enorme planta con hojas verdes gigantes que parecen exóticas. Al asomarme veo a la madre de Nico, que me mira con cara de que ha escuchado todo.

—Siento haber oído lo que no debía —se disculpa.

Es la primera vez que la veo desde el incidente de la enfermera y la manguera.

—¿Me vas a delatar? —inquiero.

—No tengo muy claro lo que haces, pero sé que eres buena persona y que cualquier cosa que decidas no es para dañar a nadie.

—Me parece que no soy tan buena persona como crees.

No le digo que les pregunte a las enfermeras de su residencia porque sería de mal gusto.

—Todavía tengo que agradecerte por lo que hiciste el otro día, hasta ahora mi mente no ha estado muy bien como para poder hacerlo.

—No es necesario.

—Lo es porque les diste su merecido. Esas dos mujeres llevaban meses atemorizando a algunos de la residencia. Tenía mis sospechas, pero a mí no me tocaban por quien es Nico.

—Que te preocuparas dice mucho de ti.

La mujer palmea un asiento a su lado y yo me siento.

—No sé si mi hijo te ha contado lo que me pasa.

—Algo sé.

—No es físico, al menos no en el estricto sentido de la palabra, es más mental, soy débil.

—No digas eso.

—Pero es verdad. Pasé por cosas horribles, sin embargo, no tanto como otras mujeres en su vida, y no pude soportarlo.

—Eso no es tu culpa, no nos preparan para mierda de la mala. Lo siento.

Mi suegra se ríe y me coge de la mano.

—No lo hagas, eres la única que no me trata como si me fuera a romper. Además, verte rajar a esas mujeres fue muy revelador.

—¿En qué sentido?

—En el que puedo estar tranquila porque mi hijo y mis futuros nietos estarán protegidos.

Niego con la cabeza sonriendo porque entiendo lo que dice. En la mafia nos educan para ser buenas mujeres y madres, sin embargo, dependemos de que el hombre nos proteja, y si ellos fallan no tenemos nada con lo que defendernos. No puedo evitar pensar en mis hermanas. Eso no nos pasará a nosotras ni a nuestras hijas.

—Mamá —escucho a Nico, y me tenso.

No quiero verlo, la vergüenza todavía es demasiado grande.

—Estamos aquí —le avisa mi suegra, y me aprieta la mano.

—Vaya, no esperaba encontraros juntas —declara, y no puedo decir si eso es bueno o malo.

—Nos hemos cruzado por casualidad —le informo para ver su reacción, pero su expresión no cambia.

—Venía a decirte que tengo que marcharme dos días a Praga.

Se lo dice a su madre, claro, yo solo soy su esposa.

—Muy bien, ten cuidado.

Aparece la Nona y se alegra de vernos a todos juntos. Avisa de que ya está la comida y aplaude cuando mi suegra nos dice que nos va a acompañar a la mesa.

Salimos de allí, dejando paso primero a las dos mujeres, y cuando vamos a cruzar la puerta del invernadero, Nico tira de mí, me gira y me besa. Su mano en mi cara me acaricia mientras muerde mis labios.

—Cuando vuelva del viaje hablaremos, no más esconderse —murmura contra mi boca, para mi sorpresa, y me agarra de la mano para salir e ir tras Nona y mi suegra.

No sé qué demonios acaba de pasar, pero tengo mariposas revoloteando por todo mi cuerpo y una estúpida sonrisa que no puedo evitar que adorne mi cara.

No vuelvo a ver a Nico después de la comida, así que aprovecho para recabar toda la información del objetivo y ver cuándo puedo actuar. Para mi fortuna, mañana estará en el casino en un torneo de póker que comienza a la hora de comer. Viendo su forma de juego y la lista de asistentes, no durará más de una hora. Es ese momento en el que tengo que hacerlo desaparecer.

—Mañana tengo que ir a hacer unas compras al centro —le aviso a Donato, uno de los guardias que se han quedado con nosotras.

—Lo siento, señora Baglioni, pero no puede ser. El señor nos ha ordenado que no salga ninguna de la casa, estará solo dos días fuera.

Lo dice como si tuviera que entender que el hecho de que mi marido se largue debe ser motivo para que yo me encierre en la seguridad de mi hogar, como si no supiera defenderme.

—No necesito que nadie me escolte —siseo.

Sé que no es su culpa, pero aun así me jode no poder moverme con libertad.

—Lo sabemos —contesta, y en sus ojos veo orgullo, lo cual apacigua mi *kraken* interior—, pero las órdenes son las órdenes.

Voy a soltarle por dónde puede meterse mi marido sus órdenes cuando mi suegra aparece e interviene.

—Querida, mañana te iba a pedir que te quedaras conmigo en mi habitación, quiero ver una serie de películas y Nona y yo no nos apañamos con los aparatos modernos que Nico se ha empeñado en instalar.

Voy a declinar su oferta cuando veo en el gesto de su cara que no lo haga. Asiento y no digo nada hasta que estamos a solas.

—Querida, sé que no vas a ir de compras —susurra.

—Por lo visto, a ningún sitio —me quejo.

—Todo depende de la habilidad que tengas para trepar, junto a mi ventana hay una escala de madera contra la pared llena de enredaderas que yo creo que aguantarán tu peso —murmura guiñándome un ojo, y sonrío.

Mi suegra acaba de darme una coartada para poder escaparme a cumplir mi misión. Creo que, después de todo, no es tan débil como ella se piensa.

Cuando entro al casino llevo una peluca rubia de pelo natural para que parezca mía, también flequillo, unas gafas de pasta enormes y viejas y un traje de limpiadora que, junto con el pase que llevo en mi cuello, me da acceso a casi todo el casino.

Mi aspecto es normal, de las personas que ves, pero no recuerdas de forma específica. Veo a una mujer que nos está ayudando, es también latina y llegó a Europa buscando a su sobrina, todavía no la encuentra, pero aun así quiere colaborar en que esa rata desaparezca.

La mujer es preciosa, ella se encarga de las bebidas y no para de darle a nuestro objetivo vasos con líquido dorado. Esta vez no usaremos veneno, no hay tiempo de hacérmelo llegar, hemos pensado en echarle algo en la bebida para obligarlo a ir al baño y allí lo estaré esperando.

Cuando veo que empieza a palidecer y tocarse la tripa, aparco mi carrito de limpieza y me dirijo hacia el baño de vips. Uno de seguridad me pregunta qué voy a hacer y le enseño un tampón, no falla, me deja pasar y me dice que sea rápida. También alaba mis ojos aguamarina, es parte del plan, que se quede con ese rasgo para que cuando me describa lo haga de una manera opuesta a lo que soy.

Entro en el de hombres y me meto en un cubículo a esperarlo mientras me pongo los guantes. No tarda en aparecer, oigo a otro hombre entrar y mear en los de fuera. Tengo que estar a solas para acabar y largarme de aquí. Para cuando se den cuenta estaré fuera y el hombre habrá muerto de sobredosis mientras cagaba.

Cuando sé que estamos solos, abro con lentitud mi puerta, el tipo está muy entretenido con lo suyo. Los ruidos que escucho son asquerosos. Saco la jeringa de mi escote y despacio giro el pestillo desde fuera para que se quite el bloqueo. Respiro hondo y abro de golpe. Le clavo en el cuello la aguja e inyecto el contenido antes de que pueda gritar. Me separo y no espero a ver si muere, lo va a hacer, esa cantidad de droga es capaz de matar a un elefante. Cojo otra jeringuilla con menos cantidad y la medio vacío antes de tirarla al lado del cuerpo, que se retuerce ahora con el culo al aire.

Salgo de allí y me dirijo hacia mi carrito. Me despido del segurata y veo que uno de los acompañantes del objetivo se dirige hacia la puerta por la que acabo de salir; mierda.

Trato de llegar hasta el otro lado del casino para salir antes de que descubran el cuerpo, no creo que llegue. Voy con la cabeza agachada hasta que choco contra un hombre que lleva un vaso lleno de monedas que caen al suelo. Al levantar la vista me quedo paralizada.

Nico está ahí, no en Praga, está a unos pasos de mí, y una pelirroja está besándolo mientras mi corazón se hace pedazos y el caos estalla a mi alrededor.

Capítulo 22

Nicola

Entro en el casino y no tengo ninguna gana de aguantar a la panda de ludópatas que aquí se encuentran. Estar un día entre semana a la hora de comer aquí es una clara llamada de atención para cualquier adulto, al menos para cualquiera que sepa reconocer una adicción.

Voy hacia la zona donde están jugando, Vittoria me espera allí. He vuelto antes de la reunión de Praga y lo único que quiero es llegar a casa y hablar con mi mujer sobre lo que está pasando entre nosotros. Sé que lleva días evitándome, desde que me soltó que se podría enamorar de mí. Soy un imbécil por no decirle en el momento que sentía lo mismo, pero me acojoné, y para cuando me quise dar cuenta ella se había ido de la habitación; la siguiente vez que nos encontramos hizo como si no hubiera pasado nada.

Como si no hubiera salvado a mi madre, como si no hubiera abierto en canal a una mujer por hacerle daño, como si cada una de las jodidas cosas que hace no me enamoraran más de ella.

—Allí está —señala Roma hacia donde veo la melena roja de Vittoria balancearse.

En cuanto me ve, sonríe y se dirige hacia nosotros.

Tengo que decirle que ya no podemos seguir acostándonos, ella ha estado infiltrada para mí y no se ha enterado, que yo sepa, de que me he casado.

Llega hasta donde estoy, me abraza y le devuelvo el gesto, somos amigos desde hace años. Antes de que pueda decir nada, su boca está sobre la mía y mi primo murmura un «verás como se encuentre con la loca de las mangueras» que me hace querer darle un puñetazo.

—Vittoria, tenemos que…

—Cierren las puertas, no ha podido salir —escucho al jefe de seguridad del casino.

Miro a mi alrededor y me sorprendo al ver a mi mujer, de pie, junto a un hombre. Aunque lo raro es que no parece ella, lleva peluca, gafas y una ropa…

—Han encontrado muerto a uno en el baño —me informa Roma, y me doy cuenta.

—Mierda —contesto, señalando hacia donde está Seren.

A Roma no le hace falta más explicación que esa. Suelto a Vittoria y me encamino hacia donde mi mujer ahora trata de pasar desapercibida. Se ha quitado la peluca y, cuando llegamos hasta donde está, la abrazo mientras se deshace de las gafas y de la ropa. Debajo lleva un vestido y se quita los zapatos, que no le combinan nada.

Roma toma todo y lo tira en una basura mientras el jefe de seguridad pasa pasillo a pasillo buscándola. Cuando llega a nosotros, ella me mira y veo el color de sus ojos.

—Las lentillas —murmuro.

Seren abre los ojos al darse cuenta de su olvido y se refugia en mis brazos para ocultar que se las está quitando.

—Muestra tu cara —exige en un tono que no me gusta nada el jefe de seguridad.

—Vuelve a hablar así a mi mujer y no volverás a comer con tus dientes en tu puta vida —le gruño.

—Disculpe, señor Baglioni, no lo había reconocido. Hemos tenido un incidente y…

—Y me importa una mierda lo que haya pasado, a mi esposa la respetas.

Seren se gira en mis brazos y lo mira.

—¿Pasa algo? —pregunta con tanta dulzura e inocencia que, si no supiera que ha tenido algo que ver, no dudaría en que no es nada más que una mujer florero.

—Nada, señora, la mujer que buscamos es... diferente.

—Por supuesto que lo será —interviene Roma—, ella es Serenella Farnese, dudo que haya dos iguales.

El hombre se da cuenta de su error y se deshace en disculpas hasta que repara en sus pies.

—¿Y sus zapatos?

Nos quedamos callados y Vittoria aparece.

—Eso es culpa mía, le he apostado a que no se atrevería a venir aquí descalza y, ya ves, acabo de perder mil euros.

El tipo nos mira y nos descarta como sospechosos, somos mafia y niñas ricas, nada de lo que busca.

Se da la vuelta y emprende su exploración de nuevo. Nos vamos hacia la salida, llevo a mi mujer de la mano, ella no me mira en ningún momento y no sé si está enfadada o asustada.

El coche nos espera fuera, Roma se sube de copiloto y yo atrás con Vittoria y Seren, cada una a un lado. Cuando arranca, respiro hondo para no gritarle a la loca de mi mujer por exponerse de esa manera.

—¿Se puede saber en qué pensabas cuando has hecho lo que creo que has hecho? —le pregunto, y ella me mira indignada.

—Podría hacerte la misma pregunta.

Frunzo el ceño porque no entiendo nada.

—Primito, creo que estás en apuros —se burla Roma, y le doy una patada a su asiento.

—Seren.

—No me hables ni me toques —gruñe, y trato de entender qué demonios pasa.

—Vaya, sí que es un partidazo esto del matrimonio —murmura Vittoria a mi lado, y la miro mal mientras se ríe.

—Roma —lo llama Seren—, por favor, en la próxima curva, abre la puerta del coche que tienes justo detrás —la de Vittoria—, creo que se ha colado una víbora.

Mi primo suelta una carcajada mientras Seren mira hacia su ventanilla. Si no fuera porque estoy en medio de esta mierda también me reiría.

Llegamos a casa, y antes de que pueda decir nada, mi mujer salta del coche y entra ante la atónita mirada de Stefano.

—¿Ella no estaba con tu madre viendo películas en su habitación? —me pregunta como si fuera yo el encargado de haber sabido qué hacía.

—Si ya sabía yo que mi nueva primita era divertida, y ahora resulta que mi tía se une a sus juegos.

Me sorprende saber eso de mi madre, ella es una mujer que no se mete en nada de mi vida, nunca lo ha hecho, es demasiado tímida y reservada como para hacer amigas, sin embargo, ¿ha ayudado a Seren a escapar?

—Stefano, ya hablaremos —le gruño, y sabe que está en problemas—. Vittoria, necesito aclarar algunos temas, por favor, ve a mi despacho, enseguida me reúno contigo.

—En cuanto salude a Nona voy, dame un respiro, Nico, acabo de llegar —se queja, y asiento.

Tiene razón, ella es amiga de la familia desde hace años y entiendo que quiera saludar.

—He destruido los vídeos del casino —me confirma Roma entrando en casa—, creo que Seren habrá tenido en cuenta las cámaras, pero por si acaso no lo ha hecho, o por si se percatan de que no llegó con nosotros y no encuentran cuándo lo hizo.

—Gracias.

Al menos mi primo me quita preocupaciones, no solo me las genera.

—¿Ha sido impresión mía o Seren parecía estar enfadada conmigo? Bueno, y con Vittoria, ¿se conocerían de antes?

—Ohhh, ¿no lo sabes?

—¿El qué?

Roma se ríe y aplaude.

—Te lo digo si puedo estar presente cuando habléis mi primita y tú.

Le gruño y suelto alguna amenaza mientras no para de reírse, no tengo ni idea de qué cojones pasa, al menos no hasta que mi madre aparece por la puerta y me mira mal.

Mi madre me mira mal.

Nunca lo ha hecho, ¿qué demonios les pasa hoy a las mujeres de mi casa?

—¿Qué he hecho? —pregunto como si tuviera diez años y no treinta y dos.

—No pensé que fueras como tu padre, hacerle eso a Seren.

Ahora sí que no entiendo nada de nada. Roma me mira con diversión en sus ojos y juro que estoy a treinta segundos de pegarle un tiro.

—Joder, parece que todos sabéis qué ocurre menos yo —me quejo—, ¿alguien puede iluminarme?

—Típico de los Baglioni, le meten la lengua a otra mujer delante de su esposa y después fingen no acordarse —me regaña mi madre, y tardo unos segundos en darme cuenta de lo que me acaba de decir.

—Ella nos vio —murmuro, y Roma asiente.

Mierda, estoy jodido.

Capítulo 23

Nicola

Voy a la habitación que ha estado ocupando Seren desde que nos casamos. Me hubiera gustado que fuera la mía, pero de momento las cosas están así.

Entro sin llamar y tardo dos segundos en ver algo volar hacia mí, me aparto a tiempo de que no me dé en la cabeza y se estrella contra la madera, haciéndose añicos en el suelo. Creo que era uno de los jarrones que compró Nona en un mercadillo en Viena hace un par de años.

—¿Podemos hablar? —pregunto, viendo que busca algo más que tirarme.

—Claro, vas a escucharme y no vas a interrumpir.

—Está bi…

—He dicho, no vas a interrumpir —me corta, y ¿es raro que me la haya puesto dura por sus exigencias?—. Sé que tenemos un matrimonio arreglado, que pagaste por el negocio de mi padre y yo venía en el paquete, todo eso está claro, igual que el hecho de que yo soy tan idiota que lo he olvidado en algún momento y casi me enamoro de ti. Lo que no voy a soportar es que me pongas en ridículo en público.

Ese «casi» me cabrea.

Me mira en silencio hasta que me decido a romperlo.

—¿Ya puedo hablar?

—Sí —gruñe.

Me encanta cuando se enfada. El brillo de sus ojos es cegador.

—Primero, no has hecho el idiota. Y segundo, lo que has visto con Vittoria ha sido solo un error de comunicación.

Suelta una carcajada irónica y rueda los ojos.

—Ah, vale, entiendo, entonces, si me la encuentro comiéndote la polla es solo porque se habrá tropezado, ¿no?

—Seren —la llamo para tratar de calmarla—, Vittoria y yo nos hemos acostado muchas veces, de hecho, una semana antes de conocernos fue la última vez.

—No necesito detalles.

—No son detalles, solo trato de decirte que desde que entraste en mi vida no ha habido otra.

—Pues eso cuéntaselo a ella porque parece no haberlo entendido.

—Es lo que pensaba hacer hoy, ha estado trabajando para mí infiltrada y tan solo hemos tenido algunos encuentros clandestinos.

—¿Qué hace aquí ahora?

—Ha terminado ese trabajo y ha vuelto, solo eso, no la he llamado ni tengo intención de que pase algo entre nosotros. Ahora en mi vida solo estás tú.

Mi confesión la pilla algo desprevenida, pero puedo ver en sus ojos, en el brillo que tanto amo, que me cree.

Me acerco a ella y la beso, se resiste un poco al principio, pero si no lo hiciera no sería ella. Disfruto de sus labios antes de seguir con esta charla que sé que no va a acabar bien.

—Entonces, ¿no hay otras personas fuera de este matrimonio? —pregunta, mirando hacia el suelo.

Cojo su barbilla y la obligo a mirarme.

—Solo si quieres que mueran.

Sonríe y la vuelvo a besar.

Necesito parar esto porque hay un tema que quiero saber para poder asegurarme de que va a estar a salvo.

—¿Quién era el objetivo? —le pregunto, y ella se piensa la respuesta, pero finalmente me la da.

Nos sentamos en la cama y estoy tentado a tumbarla y besar cada parte de ella, pero no puedo, creo que ha jodido a la persona equivocada.

—Un tipo que traía mujeres de Latinoamérica —comienza.

Me cuenta todo lo que sabe y, por los nombres que me da, estoy seguro de que Leonardo Urriaga es el que trabaja con este hombre allí en México.

—Tengo que contarle esto a Roma, creo que podemos estar en un buen problema si no lo solucionamos.

Ella asiente y lo llamo.

—¿Ya te ha clavado la manguera? —suelta al descolgar, y le gruño.

Le explico todo y llega a la misma conclusión que yo.

—¿Crees que podemos hacer algo para saber cómo están las cosas?

—Déjame que llame a los del clan Z, su líder, Zarco, sabrá decirme qué podemos hacer.

—¿Te fías de ellos? He oído que están jodidos de la cabeza —le pregunto a mi primo.

No los conozco en persona, pero su fama traspasa océanos.

—Están jodidos. Hay uno, Charcos o Lagos creo que se llama, que ese tío parece un informático de Silicon Valley.

—¿Entonces?

—Son de fiar.

Las palabras de mi primo son suficientes para mí, si él dice que son de fiar entonces no tengo más que hablar.

Cuelgo y veo que Seren me observa, sé que está preocupada, esta mierda se le ha ido de las manos, si no hubiera estado allí…

—Tienes que parar con esto de ser una asesina de incógnito —le digo, tratando de no sonar como una orden.

—No puedo, si alguien es un maldito cabrón que merece la muerte, es mi deber dársela de la forma menos bonita que pueda.

—¿Por qué lo haces? Lo tienes todo, no entiendo el motivo para esta *vendetta* que puede llevarte a la muerte.

—Cuando Nella era pequeña la secuestraron, se la llevó un hombre que quería hacer que nuestro padre dimitiera y abandonara el apellido Farnese.

—¿Qué pasó?

—Mi padre no iba a dejar que eso ocurriera, tenía más hijas, así que Nella estuvo secuestrada demasiado tiempo y le hicieron cosas que todavía no ha superado.

—¿Quién le hace algo así a una niña inocente?

—El mismo tipo de personas a las que mato.

—Entonces, ¿es por ella?

—En parte, comenzó queriendo vengarla, me instruí para poder hacerlo una vez fuera lo bastante mayor. Cambié las clases de cocina por las de artes marciales y estudié medicina forense en línea para poder perfeccionar el arte de matar lentamente.

—¿Lo hiciste?

—Sí, yo tenía poco más de quince cuando di con el hombre. Lo tuve varios días amarrado a una cama haciéndole cortes precisos para que sufriera, pero no muriera.

—¿Tus hermanas lo sabían?

Veo la duda en sus ojos antes de contestar y, al final, niega con la cabeza. Algo me esconde, no sé si es un presentimiento o que no puedo dejar de mirarla cuando estamos cerca y me he aprendido todos sus gestos.

—Solo Nella sabe que está muerto, le dije un día que alguien había entregado la foto del cadáver para que ella lo viera. Ella aún la guarda en su mesita de noche, cree que no lo sé, pero la he visto.

—Tienes que parar, has tenido suerte hasta ahora, pero…

—¿Suerte? ¿Crees que ha sido suerte? No, Nico, me lo preparo, busco las mejores opciones y después las llevo a cabo, no es suerte, es que somos… soy jodidamente buena en esto.

No me pasa desapercibido su desliz.

—Me da igual, lo vas a dejar.

—¿Es una orden? —pregunta claramente cabreada, con el brillo de sus ojos haciendo que me cueste la vida no sonreír.

—Si eso es lo que necesitas para dejar esta mierda, entonces sí, es una orden.

Seren se aleja de mí y respira hondo, luego sale de la habitación cabreada y yo la sigo. En el pasillo está Roma junto a Vittoria.

—Mi marido —le gruñe Seren, señalándome—, un imbécil que se piensa que estoy bajo su mando, pero es mío, ¿entiendes?

—No voy a contestar a eso —responde Vittoria retándola, y sé que esto no va a acabar bien.

Seren la empuja con fuerza y Vittoria cae contra la pared, antes de que pueda reaccionar, Seren saca un cuchillo de no sé dónde y lo lanza, haciendo blanco en el aro que lleva mi amiga como pendiente en su oreja izquierda.

—La próxima no fallaré —gruñe mi mujer, haciendo que se me ponga muy dura—. Y tú, Nico, ni de puta casualidad te creas que voy a obedecerte. Soy una Farnese, hago las reglas, no las cumplo.

Dicho esto, se gira y se larga escaleras abajo mientras Roma aplaude entusiasmado. En serio, tengo que hacerle ir a un loquero porque lo de este chico no es normal.

—A mi despacho —le digo a Vittoria antes de que pueda decir nada.

La vemos entrar y Roma me observa con los brazos cruzados.

—¿Tengo que decirle a Nona que guarde los cuchillos? —pregunta Roma divertido.

—Déjate de tonterías, creo que esta mierda de matar no es algo eventual ni que lo haga sola.

—¿En qué piensas?

—En las cuatro hermanas —le respondo, y Roma asiente; creo que él también lo ve posible.

—¿Qué sugieres que hagamos?

—Invitemos a mis cuñadas a pasar unos días en casa, a ver si descubrimos en qué demonios está metida mi mujer.

—Bien, pero una cosa.

—¿Qué?

—La vida es mucho más divertida desde que las Farnese han entrado en ella.

—Lo dices porque no te has casado con una.

Roma sonríe de una forma que no me gusta.

—Todavía —murmura, y ruedo los ojos porque creo que vamos a ir a una guerra para la que no sé si estamos preparados.

Capítulo 24

Seren

—No me puedo creer que tu suegra te haya enseñado el respiradero de la habitación de invitados desde el que se oye todo lo que pasa en el despacho de Nico —dice Ori mientras nos sentamos en las sillas del jardín.

—Sí, y gracias a eso pude escuchar todo lo que le decía a Vittoria. Sabes, esa tía no me gusta nada.

—Normal, se folla a tu marido.

—No, se follaba al que ahora es mi marido, que es diferente.

—Uhhh, mucha territorialidad estoy notando por aquí —se burla, levantando las manos y haciendo círculos alrededor de mi cara.

Le doy un manotazo y casi le tiro la bebida.

La verdad es que no sé por qué Nico la ha traído, bueno, en realidad invitó a las tres, pero papá solo la ha dejado venir a ella. Supongo que es una forma de disculparse por la charla del martes. Sea por lo que sea me da igual, tener aquí a Ori hace que mis días sean mejores.

—Buenos días, señoritas, ¿de qué habláis? —pregunta Roma, acercándose.

—Sobre el hombre con el que me voy a casar —suelta Ori, y bebo de mi batido de fresa para tapar mi sorpresa.

—¿Ya has podido engañar a alguien? —inquiere Roma, sentándose a su lado.

—Sí, Fabrizio Lucaretti.

—Suena a viejo, gordo y con problemas para encontrarse la polla —se burla Roma, y tengo que ocultar de nuevo mi gesto de sorpresa al darme cuenta de que está celoso.

¿Roma siente algo por Ori? Bueno, es normal, mi hermana es preciosa e inteligente; aunque por lo que sé, Roma no ha tenido que ir tras una tía desde la pubertad, y sé que Ori no le daría ni la hora a un tipo así.

—Tiene veintisiete, va al gimnasio todos los días porque tiene uno en su mansión y por el bulto que he visto en las fotos que me ha mandado cuando hace máquinas te puedo asegurar que no tiene nada que buscar, está todo muy a la vista.

—Eso o que le gusta entrenar con un calabacín en los pantalones —agrego divertida.

He visto esas fotos y oh, Dios, mío.

Roma se ríe, pero se nota que no es como siempre. No sé si me gusta esto de que le interese Ori, es un hombre leal, el que más, aunque también está jodido de la cabeza.

Pasamos la siguiente media hora debatiendo sobre si los tíos que mandan ese tipo de fotos lo hacen con una clara intención de vender un producto fantasma o si en realidad es algo natural que tienen y se les olvida que les cuelga cuando se hacen esas tomas.

Cuando Roma nos deja para reunirse con Nico, la alarma de mi teléfono suena.

—Hora de la pastilla —dice Ori alegre, sabiendo lo que es.

Llevo tomando anticonceptivos desde que me vino la regla por primera vez. No es solo para regular mi menstruación, es una forma de prevenir disgustos si alguien decide intentar algo conmigo y lo consigue.

—¿Habéis hablado de tener hijos? —pregunta Ori de la nada, y niego con la cabeza.

—La verdad es que no.

—¿Y tú quieres?

Me quedo pensando un instante y niego con la cabeza.

—No, no quiero tener hijos —le digo muy convencida.

—Shhh —me chista mi hermana y señala con la vista a Vittoria, que está ahora en la cocina, la ventana abierta hace que pueda oírnos.

—Solo he venido a por café y me voy —nos dice al ver que la observamos en silencio, bebiendo ambas con nuestras pajitas.

Parecemos las chicas malas del instituto juzgando en la distancia silenciosa que nuestro poder nos otorga.

—No cojas el de la caja verde, ese tiene dueña, y ya sabemos lo que a ti te gusta saborear lo que es de otra —suelta mi hermana, y la carcajada que se me atasca en la garganta porque estaba tragando se transforma en batido de fresa saliendo por mi nariz.

No escucho si Vittoria responde o cuándo se va, solo puedo reírme por lo que Ori acaba de decirle.

—Vamos a ir al infierno —le aseguro a mi hermana.

—Sí, pero lo haremos juntas.

—Siempre.

Chocamos nuestros batidos después de limpiarme y bebemos. Nico no mintió cuando dijo que tendría los mejores, no hay alguien preparándolos, pero ha comprado una máquina que los hace deliciosos.

—Entonces, ¿nada de sobrinos? —insiste mi hermana, y miro hacia dentro de la casa.

Cuando me cercioro de que no hay nadie es cuando contesto.

—No, no de momento, no quiero traer a este mundo a niños que no van a tener todo el amor de su padre y de su madre.

—¿De verdad no crees que él te quiere? Porque he visto cómo te mira, y déjame decirte que no parece que le seas indiferente.

—Eso es porque todavía no nos hemos acostado juntos.

—¿No?

—No, ni siquiera dormimos en la misma habitación —agrego.

—¿Y eso? ¿Es gay?

—Claro que no, créeme cuando te digo que me dio un orgasmo que todavía recuerdo, pero me da miedo.

—¿A qué le temes? Duele la primera vez, el resto si lo hace es que el tipo es idiota.

—Ya sabes que no soy virgen, así que no, no es por el dolor.

—¿Entonces?

—Me da miedo enamorarme y que él no lo haga. No quiero acabar siendo la tonta que lo espera mientras él está follando por ahí.

—¿Crees que te haría eso?

—Se supone que no, que este matrimonio es exclusivo.

—Pero…

—Pero eso no es algo grabado a fuego, las cosas pueden cambiar y Nico es de ese tipo de hombres que hacen que te enamores para toda la vida.

—¿Y eso es malo?

—Solo si él no siente lo mismo.

No agrego que a pesar de que llevamos poco tiempo, ya no recuerdo mi vida sin él porque me sentiría estúpida… estúpida y enamorada.

Capítulo 25

Nicola

La puerta se abre con lentitud y Vittoria entra, su figura esbelta y elegante envuelta en un vestido negro. Sus ojos, siempre agudos, me miran con una mezcla de deseo y determinación. Cierra la puerta tras de sí con suavidad y se dirige hacia mí, cada paso resonando con una firmeza que admiro profundamente, pero que ya no me causa el mismo deseo sexual que antes de que Seren entrara en mi vida. Continúo con las agujas en mi mano, tejiendo un muñeco de un gato negro con una luna en la frente.

—Nicola —dice con un tono que mezcla el respeto y la familiaridad que solo se gana con años de lealtad—, lo tengo todo.

Me inclino hacia adelante, apoyando los codos en el escritorio.

—Cuéntame, Vittoria. ¿Qué has descubierto?

Ella toma asiento frente a mí, sacando un pequeño cuaderno de su bolso. Lo abre, revelando páginas llenas de notas detalladas. Es algo que me gusta de Vittoria, es muy meticulosa en su trabajo y, además, tiene un sistema que solo ella entiende para descifrar esas hojas.

—Estuve en Las Vegas el tiempo suficiente para ganarme su confianza —comienza, su voz firme—. La operación está bien estructurada y no han cometido errores significativos que indiquen algún tipo de estafa. El dinero está entrando como debería y las cuentas cuadran.

Escucho con atención cada palabra, confirmando lo que necesitaba saber.

—¿Y las personas? —pregunto, con un interés particular—. ¿Puedo confiar en ellos?

Vittoria asiente.

—Sí, he observado a todos los jugadores clave. Luigi, Marco, incluso a Tizio. Todos están comprometidos con nuestra causa. No hay signos de traición, y cada uno está desempeñando su papel de manera impecable.

Me siento un poco más aliviado, pero sé que aún hay más por escuchar.

—¿Y qué hay de ti, Vittoria? ¿Cómo te trataron?

Sus ojos se suavizan un poco al escuchar mi preocupación.

—Sabes que puedo manejarme, Nicola. Hubo momentos de tensión, nada que no pudiera controlar. Me hicieron algunas preguntas al principio, pero todo dentro de lo normal. Ahora confían en mí.

Asiento, complacido por su capacidad para infiltrarse tan hondo sin levantar sospechas. El año pasado comenzamos un trabajo con los de Las Vegas y tenía mis dudas sobre si me estaban estafando, hay números que no cuadran y fueron los últimos en entrar, ahora tendré que revisar a los de aquí y, con toda probabilidad, matar a alguien que conozco desde hace años.

—Has hecho un trabajo increíble, Vittoria. Lo sabía, pero siempre es un alivio escucharlo de ti.

Ella sonríe levemente.

—Gracias, Nicola. Sabía lo importante que era para ti, para todos nosotros.

Hay un momento de silencio, uno cargado de entendimiento y respeto mutuo. Entonces, algo en su expresión cambia, volviéndose más personal.

—Nicola, hay algo más que debes saber —dice con un tono más bajo.

Levanto una ceja, instándola a continuar.

—¿Qué es?

Dejo lo que estoy tejiendo para prestarle atención.

—Hubo una situación —empieza, eligiendo sus palabras con cuidado—. Una noche, después de una reunión, Luigi intentó... insinuarse. Sabes que siempre ha tenido un interés en las pelirrojas, y esta vez decidió actuar.

Siento un nudo de rabia formarse en mi estómago.

—¿Te hizo daño? —pregunto, mi voz contenida, pero peligrosa.

Vittoria niega con la cabeza.

—No, lo manejé. Le dejé claro que no debía intentarlo de nuevo. Pero quería que lo supieras.

Respiro hondo, tratando de calmar la tormenta dentro de mí.

—Lo tendré en cuenta. Nadie toca a mi gente sin consecuencias.

Ella asiente, su expresión firme y resuelta.

—Lo sé, Nicola. Por eso te lo digo. No le dejé que tocara lo que es tuyo.

Sus palabras ahora me ponen en alerta. Sí, tuvimos sexo durante mucho tiempo, una relación abierta e intermitente, pero como ya le dije el otro día, eso se acabó, ahora estoy casado.

—Tú no me perteneces, solo tu bienestar —le aclaro.

—Reconoce que no te ha gustado pensar en otro hombre queriendo hacerme algo.

—Claro que no me ha gustado porque no iba a ser consentido, pero, Vittoria, no te equivoques, no tenemos nada y puedes hacer lo que quieras con tu cuerpo. Igual que cuando follábamos.

Lo suelto lo más bruto que puedo para que le quede claro.

—¿Tan buena es en la cama? —escupe de golpe, y eso me cabrea.

—No voy a hablar contigo sobre lo que hago con mi mujer en nuestra intimidad.

—¿Y sobre que no quiere tener hijos contigo?

Lo suelta de golpe y me pilla de sorpresa. Es un tema que no hemos hablado, empezando porque ni siquiera nos hemos acostado.

—¿Y tú cómo sabes eso? —inquiero.

—Por tu cara, veo que no tenías ni idea. Como me he enterado es lo de menos, pero que lo sepas, si quieres ser padre no será con ella, aunque puedes serlo conmigo.

—¿Qué? —Creo que no la he oído bien.

—No necesito un anillo ni tu apellido, si quieres un hijo yo te lo daré.

Mi primo entra sin llamar, sabe que puede hacerlo cuando quiera, y más con Vittoria porque ya no hay manera de que nos pille con los pantalones abajo.

—Si te oyera mi primita te rajaría de arriba abajo —le dice despreocupado, y Vittoria rueda los ojos.

Por supuesto que no se cree que Seren sea capaz de hacer algo así, yo mismo no lo creería si no lo hubiera visto.

Vittoria se levanta y va hacia la puerta, antes de salir se gira y repite sus intenciones:

—Si quieres ser padre, aquí me tienes; soy leal, ella no lo sé, tengo información que me dice que...

—Suficiente —la corto.

Es muy buena como espía, pero no voy a permitir que suelte mierda de mi mujer.

Se va dando un portazo y Roma se deja caer en la silla donde estaba ella sentada mientras me mira divertido con los brazos cruzados.

—Más te vale que Vittoria no esté a tu alrededor demasiado o la mierda va a golpear el ventilador.

—¿Crees que Seren tiene un amante? —pregunto, inquieto por la semilla que ha plantado Vittoria en mi cerebro.

—No, y tú tampoco deberías creerlo. Está un poco loca y es una psicópata, sin duda, pero es leal.

Las palabras de mi primo me tranquilizan.

Comentamos el informe de Vittoria y trazamos un plan para averiguar quién es el que nos está robando. Roma tiene algunos nombres y le doy carta blanca para que los investigue como quiera, para ser sinceros, a efectos prácticos, él y yo somos uno.

Escucho la risa de mi madre a través de la ventana abierta y me sorprende tanto que me levanto para ver qué ocurre.

Roma se coloca a mi lado y ambos observamos la escena que ocurre una planta más abajo. Mi madre está con Nona sentada en el jardín, Seren se frota la nariz tanto que se la está dejando roja y Ori no puede dejar de perseguirla con una flor amarilla.

—Es venenosa —explica Roma, y al ver mi cara de susto continúa—, pero en plan ortiga. Solo le dará picor y rojez a tu mujer, así que relájate.

—Seren ha hecho muy buenas migas con mi madre.

—Y con Nona, y con los chicos. La verdad es que se ha integrado muy bien.

—Vittoria me ha dicho que no quiere tener hijos —le suelto.

—Con la vida que ha llevado es normal, aunque, para ser sinceros, no me fiaría demasiado de lo que tu examante pueda decir sobre tu mujer.

Puede que mi primo esté clínicamente loco, pero tiene unos pensamientos muy cuerdos que me ayudan a seguir adelante.

Lo observo y veo una sonrisa formarse en su cara. Una de las que solo le da a la familia. Miro en su dirección y veo que es a Ori a quien tiene en su punto de mira.

—¿Te gusta? —le pregunto sin rodeos.

—Sí, ¿a quién no?

—No es eso a lo que me refiero.

—Lo sé.

—¿Va a ser un problema? No me gustaría tener que aguantar los gritos de Seren cuando te la folles y la olvides.

Porque así es mi primo, le encanta la caza, pero cuando las consigue se aburre y pasa a la siguiente, incluso sin decírselo a ellas.

—Tranquilo, eso no será un problema.

—¿Porque no te interesa acostarte con ella? —pregunto, sabiendo que él nunca me miente.

—No, porque ya nos hemos acostado y ahora la deseo aún más.

Lo miro, me mira, sonríe y yo rezo.

Mierda.

Capítulo 26

Seren

Abrazo a Ori y me despido de ella. Han sido tres días maravillosos con mi hermana que necesitaba, aún tengo agujetas de las risas en el *spa* del hotel al que hemos ido. Se sube a la moto de Roma y se agarra a él de una manera que me dice que no son desconocidos.

Una vez nos quedamos Nico y yo solos en la entrada, decido que es un buen momento para hablar.

—Creo que deberíamos aclarar las cosas —suelto sin preámbulos.

Nico sonríe, se acerca y me besa. Lo había echado de menos. Sé que esto no arregla nada, pero es un buen paso y lo disfruto. Cuando me suelta, me da la mano y caminamos por el jardín.

—He visto lo bien que te llevas con mi madre, gracias —me dice mientras acaricia mi pulso con su pulgar.

—Es una mujer increíble.

—Sí, y el hecho de que te ayudara a escapar no sé si es algo que me gusta.

—Acostúmbrate, ahora somos aliadas —me burlo, y él se detiene, me gira y me besa de nuevo.

—¿Puedo hacerte una pregunta?

Llegamos hasta donde está el banco en el que siempre me siento con mi suegra y cuando voy a dejarme caer a su lado, él me agarra y me sienta sobre sus piernas. Esto es íntimo, más de lo que hemos tenido hasta ahora, y no sé cómo sentirme.

—Claro, dime.

—¿Quieres tener hijos? —suelta de la nada, y he de decir que me pilla desprevenida.

—No, bueno sí, quizá algún día —balbuceo—. Supongo que con el hombre indicado podría.

No le aclaro que él es el único candidato a ello. Que estoy acojonada por todo lo que me hace sentir cuando apenas hemos tenido un par de orgasmos y unos cuantos besos, ¿hasta dónde podría caer si me entrego del todo a él?

—Vittoria me dijo…

—Te voy a dar un consejo en lo referente a esa mujer, cuando hables conmigo, no empieces nunca una frase con esas palabras.

Me mira y sonríe. No continúa, solo me besa y yo dejo que lo haga mientras el sol de Catania nos calienta.

De regreso a la casa, todavía de la mano, paseamos hablando de todo un poco. Me cuenta cómo compró esta casa para poder vivir todos juntos. Que sus hombres ahora están aquí, pero algunos, como Umberto, tiene dos hijos y una ex loca que no le deja verlos demasiado. También sobre mis hermanas y de lo que las echo de menos. Hablamos a diario por mensajes, pero no es lo mismo.

—Creo que voy a ducharme antes de la cena —comenta mientras subimos las escaleras, y yo asiento de acuerdo, también necesito un agua.

—A mi madre le encantaba ducharse por la mañana, es algo raro que recuerde eso, pero el olor a limpio que desprendía cuando me daba un beso antes de sentarse a desayunar es algo que no puedo borrar de mi mente.

Una sonrisa se extiende por mi cara y casi puedo sentir que estoy en ese instante en el que ella me besaba la mejilla y se sentaba a mi lado.

—Debió ser una mujer maravillosa —comenta, llegando a mi habitación.

—Sí, ojalá la hubieras conocido.

—¿Ibas mucho a su tumba? —pregunta como si supiera que lo hago.

Por supuesto que lo hace, al igual que sabía mi gusto por el batido de fresas y de *Sailor Moon*.

—Ahora ya no tanto, pero quiero ir pronto a verla.

—¿Me dejarás acompañarte la próxima vez? —pregunta de pronto, y me gusta mucho que lo haya hecho.

—Sí, aunque para eso debes tener tiempo, últimamente estás un poco ocupado —me quejo sin nombrar a la pelirroja, que parece no acabar de salir de esta casa.

—Mañana soy todo tuyo, si quieres, podemos coger el avión y…

No dejo que termine la frase y me lanzo contra su boca. Él me atrapa sin ninguna duda y me sostiene contra su cuerpo.

—Ven dentro —le pido mientras muerdo su cuello, y no necesito respuesta, me coge por debajo del culo y entra conmigo a mi cuarto.

Cierra la puerta y, antes de que pueda darme cuenta, estoy sobre la cama tendida.

—¿Estás segura de esto?

«No».

—Sí.

Se quita la camisa y puedo observar los tatuajes que cubren su cuerpo. Son varios dibujos sin color que decoran sus pectorales y suben por uno de sus brazos hasta su cuello. Se deshace de los pantalones y los calzoncillos y su polla me apunta en toda su gloria.

—¿Dónde compraste este vestido? —me pregunta mientras se pone a horcajadas sobre mí, con una rodilla a cada lado de mi cuerpo, y me rasga la tela hasta quedar totalmente expuesta ante él.

—Era una edición limitada —me quejo hasta que pasa su lengua por mi estómago hacia mi sujetador.

También lo arranca, al igual que mis bragas.

—Creo que voy a comprarnos una casa para que puedas caminar desnuda sin que nadie más salvo yo pueda verte y lamerte, *ma perle*.

Su voz ronca me tiene totalmente hipnotizada.

Baja su cuerpo sobre el mío, aguantando su peso con el antebrazo que tiene sobre mi cabeza, y comienza a besarme.

—No sabes la de veces que he fantaseado con esto —gruñe contra mi boca.

La forma tan posesiva en que me mira hace que la humedad en mi centro crezca.

Ahora coge mis piernas y las saca de debajo de él. Estoy abierta por completo y Nico está sentado sobre sus rodillas mientras se acaricia la polla y me mira con un deseo que podría provocar un incendio.

—¿Solo vas a mirar? —le pregunto, juguetona.

Sin avisarme, abre mis pliegues y pasea su punta de arriba abajo. Resbala con facilidad y ambos gemimos.

—Veo que no soy el único que quiere esto.

Baja su boca hasta mi pezón y me muerde, fuerte, tanto que casi me corro. Joder, no sabía que el dolor me causaría tanto placer.

Antes de que pueda decir nada, se empala en mi interior y el aire sale de mis pulmones a la vez que el deseo corre entre mis pliegues.

—Te gusta que sea duro, ¿verdad, *ma perle*? —murmura contra mi oído, y es lo más *sexy* que he escuchado en mi vida.

Asiento sin tener muy claro qué quiero, y él comienza a bombear dentro de mí con una brutalidad que me lleva a un orgasmo en cuestión de segundos, pero no se detiene, sigue como un animal entrando y saliendo de mí mientras jadea, gruñe y muerde. Yo solo puedo clavarle mis uñas en su culo y notar como su polla se hincha.

Un segundo orgasmo me golpea, y mientras trato de recuperar la respiración, me gira, pone mi culo en alto y me penetra desde atrás, miro por encima de mi hombro a tiempo para ver como lame su mano y después la mete por debajo de mí, encuentra mi centro y lo frota con dureza a la vez que sus estocadas se vuelven cada vez más demenciales.

Nunca jamás he sentido todo esto en una relación sexual: dolor, placer, anticipación... Le dejo que haga conmigo lo que quiera.

—Ríndete a mí —me ordena, y cuando lo hago, estalla en mi interior y yo vuelvo a correrme tan fuerte que creo que pierdo el conocimiento unos segundos.

Lo siguiente que sé es que estoy siendo llevada contra su cuerpo mientras me abraza y pasea su mano por mi estómago.

—Te quiero en mi cama cada noche —me ruega, mordisqueando mi oreja—. Quiero poder follarte en cualquier momento y que te despiertes conmigo entre tus piernas.

—Así que al final sí quieres mi cuerpo —bromeo, y él se incorpora sobre mí y hace que lo mire.

—Te he follado porque necesitaba hacerlo de esta manera y la forma en la que chorreabas me ha dicho que te ha gustado tanto como a mí. Ahora voy a hacerte el amor lentamente para que veas lo mucho que me gusta el matrimonio, pero solo si es contigo.

Cumple su promesa y ni siquiera bajamos a cenar. A las tres de la mañana tenemos hambre y Nico roba algunas cosas de la cocina y las trae a la cama, donde reponemos fuerzas y proseguimos conociendo nuestros cuerpos.

Cuando el sol nos despierta a través de la ventana, me duele todo el cuerpo en los lugares correctos.

—Voy a ducharme y nos vamos al aeródromo para visitar la tumba de tu madre después de desayunar —dice, besando mi espalda—. Recoge tus cosas porque cuando volvamos te mudas a mi habitación.

Ronroneo porque es el único sonido que mi cerebro me deja hacer.

Él se ríe y muerdo su culo cuando se queda un segundo de pie al lado de la cama buscando su ropa.

—Pagarás por esto —me advierte.

Se pone los calzoncillos y sale. Su habitación está solo tres dormitorios más allá y todos están vacíos así que no debe importarle si se cruza a alguien.

Me levanto y me ducho, me lavo el pelo y me maquillo, puede parecer que esto me haría tardar una vida, pero no es así, apenas cuarenta minutos después estoy ataviada con un vestido rosa que se pega a mi cuerpo, unos tacones de diez centímetros a juego y mi cepillo de dientes en la mano. Es como un acto, quiero que me vea dejarlo junto al suyo.

Entro sin llamar y me quedo paralizada un segundo.

Vittoria me saluda con una enorme sonrisa, sentada en la cama de Nicola mientras él se termina de abrochar su camisa.

—Seren, ha surgido algo y no puedo acompañarte hoy.

—Algo con ella, ¿no?

Pregunto y la miro mientras la perra sonríe todavía. Oh, Dios, qué ganas tengo de arrastrarla de los pelos. Aunque no, no voy a hacer eso, soy una dama, y como tal haré que lo próximo que coma lleve tantos laxantes que no pueda llegar al baño.

—¿Es tu cepillo? —pregunta Nico, sonriendo al verlo en mi mano.

Mi corazón se acelera, sí, este momento debería ser especial y privado. Después de haber pasado la noche juntos es lo que esperaba, pero no.

—Sí, voy a dejarlo justo donde corresponde —contesto mirando a la bruja pelirroja, y entro a su baño.

Veo el vaso y siento que no es ahí donde él me coloca, no estoy a su lado, estoy en el suelo siendo pisoteada, así que hago lo que creo que es correcto y lo tiro a la basura.

—Me voy a ver a mi madre —le informo mientras voy hacia la puerta y él entra al baño.

Un segundo después sale y me mira, ha visto el cepillo en el cubo.

—¿Por qué? —pregunta.

Le doy un vistazo a Vittoria, que no ha dejado de sonreír, y luego a él antes de contestar.

—Es el lugar que tú me has dado.

Capítulo 27

Seren

Nico no me sigue cuando salgo, y lo agradezco, no quiero montar una escena delante de ella. Quiero gritar de la rabia por toda esta situación, pero me contengo.

Vuelvo a mi habitación, cojo mi bolso y bajo, no paso por la cocina a desayunar, no tengo ánimo ni ganas. Escucho las risas de Roma tras contar uno de sus chistes malos y eso hace un poco mejor mi día. Mi nuevo primo parece ser un tipo divertido.

—Necesito ir al aeródromo —le digo a Pietro cuando salgo, y él asiente.

Esta vez no me dice que no puedo hacer algo, creo que ha entendido cómo son las cosas. Va a por el coche y me abre la puerta cuando se para a mi lado.

—Voy a ser su guardaespaldas personal, señora Baglioni, la acompañaré durante el día de hoy —me informa una vez que se pone detrás del volante.

Asiento por el retrovisor y respiro hondo. Quiero coger el cuchillo que hay atado en el interior de mi muslo y volver arriba para clavárselo a esa perra.

—Llámame Seren —le pido, y él sonríe.

—¿Puedo decirte algo, Seren? —Asiento—. Este coche está insonorizado, puedes desahogarte.

Lo miro y sé que no se refiere a que llore, no, parece que este hombre me conoce un poco mejor de lo que pensaba. Es mi turno para asentir y un segundo después él se tapa los oídos y yo grito hasta que me duele la garganta. Una vez acabo, veo el mundo de otra manera.

—Gracias —murmuro.

Él solo hace un gesto y arranca. Nos alejamos y siento que mi corazón se está quedando atrás, pero no voy a llorar hasta que esté junto a mi madre.

Aprovecho para revisar mi teléfono por el camino y apenas me da tiempo a entender lo que Pietro grita antes de que un enorme camión se estrelle contra el costado del coche a la altura del conductor. Mi cabeza se golpea contra el cristal, aunque no salgo despedida gracias a que siempre uso el cinturón.

Miro hacia Pietro, pero mis ojos no enfocan, solo veo un bulto negro detrás del volante. Creo que está muerto.

No me da tiempo a pensar mucho cuando la puerta de mi lado se abre y unos tipos con pasamontañas cortan mi cinturón y me sacan de allí con poco cuidado. Me quejo por el dolor de mi cuerpo, pero les da igual. Me lanzan a la parte trasera de una furgoneta y trato de resistirme mientras me atan las manos por delante y me ponen una tela en los ojos que me deja ciega.

Estoy segura de que me saldrá un chichón dentro de cinco minutos, puede que incluso tenga una conmoción ya que me siento mareada. No sé si Pietro ha muerto. Oh, Dios, no, por favor, es demasiado joven para morir, y menos por mí. Me cuesta respirar y tengo que calmarme a mí misma mentalmente para no tener un ataque de ansiedad.

No estamos mucho en la furgoneta. Abren la puerta y me bajan, en algún momento del accidente he debido perder los zapatos porque mis pies golpean la tierra cuando la toco y siento algo clavarse en la planta.

Escucho con atención, aunque no logro descifrar con exactitud el acento de los hombres que me han secuestrado; son de Europa del Este, eso seguro. Hay un tipo que parece italiano. Oigo que hablan de mí y de cómo mi marido va a pagar una fortuna, también dicen algo de una tal Irina, no sé quién es, ¿otra mujer secuestrada? ¿La jefa?

Entramos a un sitio que huele a tabaco y me lanzan contra una pared. No veo nada y me choco contra ella, cayendo de rodillas. Me ponen una correa en el cuello y después me quitan la venda.

Parpadeo varias veces y casi vomito cuando veo una pila de cuerpos, al menos seis mujeres y alguna niña, a unos metros de mí.

—Sus familias no pagaron —dice una voz a mi lado, y cuando me giro hacia ella veo a una cría atada a mi lado.

Su ropa está sucia y rasgada, tiene moratones de colores que me indican que lleva aquí al menos tres días.

—¿Quiénes son? —pregunto, no queriendo alzar la voz.

Ahora los tres están sentados en una mesa mientras beben alguna clase de alcohol y bromean sobre cuánto pueden ganar con nosotras.

—Por lo que me dijo la del pelo negro —comienza, y señala con la cabeza la pila; una mata oscura asoma, no le veo la cara, pero supongo que se refiere a ella—, son secuestradores profesionales. De varios países.

—En cuanto mi marido se dé cuenta de que no he llegado al avión rastreará el coche, sé que lleva GPS. Y no parará hasta encontrarme.

—Ellos lanzan un aparato dentro para inhibir la señal, para cuando la batería se gasta y lo encuentren, solo hallarán el cuerpo. Tu cuerpo.

—¿Cómo es que nadie los detiene?

—Llegan a una zona y hacen esto durante una semana, luego se deshacen de los cuerpos y van a otro país.

—¿Y tú?

—Yo soy un mal menor, estaba con la otra niña y sus padres no pagaron, así que la mataron, a mí me quieren vender para burdeles.

—¿Por qué no hacen eso con todas?

—Porque a ellas las buscarían, a ti también, a mí…

No termina la frase, pero no hace falta.

—Bueno, no te preocupes, vamos a salir de aquí las dos.

—Espero que paguen por ti.

—No va a hacer falta —le aseguro, notando como la oscuridad de mi alma se abre paso hasta mi cabeza.

—¿A qué te refieres?

Saco el cuchillo que llevo en mi muslo y ella amplía los ojos, no me revisaron, no soy un peligro. Un gran error porque ahora voy a matarlos a todos.

—Tapate los ojos y no mires —le pido.

—¿Por qué?

—Porque no quiero que veas cómo les arranco la piel a tiras a cada uno de esos cerdos.

Capítulo 28

Nicola

Antes de que pueda darme cuenta, Seren se ha largado de la habitación y ha dejado claro cómo está el tema tirando su cepillo de dientes a la basura.

—Me parece que no entiende con quién se ha casado —suelta Vittoria, y le doy una mala mirada.

—Cállate —le gruño.

Estoy ahora mismo muy cabreado con ella, pero más conmigo. Le dije a mi mujer que la iba a acompañar a la tumba de su madre y no he tardado ni una hora en faltar a mi palabra. Lo primero q voy a hacer ahora cuando baje es disculparme por ello.

Entro a la cocina y veo a todos desayunando, ella no está por ningún lado, tampoco veo que falte ningún bollo de chocolate de los que tanto le gustan.

—Se ha ido ya con Pietro —me confirma mi primo mientras me preparo un café.

—La he cagado a lo grande —murmuro mientras me dejo caer en la silla junto a Umberto.

—Entonces duerme con un ojo abierto, la señora Baglioni no es de las que se quedan llorando —se burla mi jefe de seguridad, y le tiro un trozo de pan tostado.

—En mi cocina no se tira comida —me regaña Nona—, pero tiene razón, Seren no es de las que se va a llorar porque hayas sido un idiota.

Le doy una sonrisa y ella me la devuelve. Hoy mi madre estaba cansada y ha decidido quedarse en la cama. Tiene estos días en los que parece que el mundo le pesa demasiado.

Mañana será otro día.

Media hora después me reúno con Vittoria en el despacho de abajo para hablar sobre lo que ha hecho que me pierda el viaje con mi esposa. Cuanto más habla, más me doy cuenta de que no era necesario quedarme. Joder.

Miro la hora y ya hace un rato que deben estar en el aire, pero si me doy prisa puedo llevarme una de las motos de Roma y llegar con una hora de diferencia.

Mientras mi mente vaga en las mil formas que voy a compensar a Seren, mi primo irrumpe en el despacho. No es como otras veces, pasa algo.

—Han llamado del aeródromo preguntando si ibais a tardar mucho en llegar porque otro avión necesita la pista —suelta, y mi mundo entero se cae a mis pies.

—¿Dónde están?

—Pietro no contesta, ella tampoco, ambos teléfonos parecen fuera de cobertura y la señal del GPS ha desaparecido.

—¿Cómo que ha desaparecido?

—Sí, simplemente se han evaporado. Si lo hubieran tratado de desactivar tiene un sistema que emite una alerta. No ha saltado, solo ha dejado de aparecer en el mapa.

—Puede que solo estén en una zona sin cobertura —comienza a hablar Vittoria, pero la mirada que le doy la silencia.

Salgo de allí y reúno a mis hombres, saldremos a buscarla por toda Catania, alguien ha tenido que ver algo. Alguna cámara ha debido captar el coche pasando. Empezaremos por ahí y después tiraré cada puta puerta de esta ciudad hasta encontrarla.

Umberto se lleva la mano a la oreja y sé que le están hablando por el sistema de comunicación interno.

—Nico, vamos a la entrada, los de la puerta acaban de avisar de que Seren viene en una furgoneta que no reconocen.

No termino de escuchar lo que dice. Salgo corriendo hacia allí, y cuando llego veo cómo mi mujer frena, haciendo chirriar el vehículo, luego se baja de un salto y va a la parte de atrás.

—¡Necesito ayuda! —grita, y eso nos pone en marcha a todos.

Llego hasta la parte posterior y veo en el interior a Pietro tirado en el suelo, hay mucha sangre y una niña de no más de doce años está apretando algo de tela sobre el pecho de mi hombre.

—¿Dónde estás herida? —pregunto al ver la sangre en su cuerpo, la toco, pero ella me aparta.

—Yo estoy bien —me asegura, y mira a Pietro—. Tuve que sacarle la barra que se le había cruzado, creo que no ha tocado el corazón, pero está sangrando mucho.

—Vamos adentro, el médico está en camino —avisa Roma mientras todos ayudan a sacar a Pietro de la parte de atrás del furgón.

Lo llevan hasta el interior, y en ese momento todo lo que puedo hacer es mirar a Seren.

—Estoy bien, de verdad —insiste, pero no puedo dejar de pensar en que por primera vez he sentido miedo, miedo de verdad, y ha sido porque podría haberla perdido.

Y es ahora, en este momento, donde entiendo que da igual todo salvo ella.

Capítulo 29

Seren

Miro a Irina y veo que está acurrucada al fondo de la furgoneta. Entro y le tiendo la mano. Trato de no pensar en mis pies manchados con la sangre de Pietro. Respiro hondo y alejo los momentos en los que pensaba que no iba a poder sacarlo de allí, del amasijo que era su lado del coche. Tampoco en que no he podido encontrar el inhibidor de señal para pedir ayuda, ni en que solo podía pensar en lo mucho que quería llorar.

—Ella se queda con nosotros de momento —le informo a mi marido cuando salgo del furgón.

Ayudo a Irina a bajar y ella se agarra a mi brazo usando mi cuerpo para esconderse.

—El médico ha llegado y ya está atendiendo a Pietro —nos dice Roma llegando hasta donde estamos, justo el mismo lugar en el que nos han dejado todos.

Nicola no deja de mirarme de una forma intensa, y no sé si está enfadado o ¿preocupado? No, no puede ser, tiene claro que me sé defender.

—Vamos dentro para que revise a Irina —les digo.

—Y a ti —añade Nico sin dejar de mirarme.

—Ya te he dicho que estoy bien.

—No me provoques —sisea—, por favor.

La forma en que me lo pide, no, me ruega, hace que no discuta.

Pasamos al interior. Nona se lleva una mano a la boca cuando me ve. Bueno, mi aspecto no debe ser fabuloso ahora mismo.

—Estoy bien —le aseguro, y miro a Nicola para que se dé por aludido.

Todavía no me ha tocado, es como si tuviera miedo a romperme. Roma me mira también, esperando a que en algún momento me vuelva loca. Quizás todavía no entienden que algo hace mala conexión en mi cerebro y que soy capaz de apagar mis sentimientos cuando se trata de defenderme a mí o a los que quiero.

Vamos hacia una habitación al fondo, junto a la de Nona, allí atienden a Pietro. Estoy preocupada. Voy por delante y, como en comitiva, Roma y Nico me siguen. Irina no suelta mi mano y puedo notar el temblor de su cuerpo pegado al mío mientras caminamos.

—¿Cómo está? —pregunta Nico cuando el médico sale.

—Bien, lo que sea que lo atravesó no ha tocado nada importante, solo ha perdido mucha sangre. Por suerte, Umberto es del mismo tipo y le he podido hacer una buena transfusión —asegura el doctor, y respiro aliviada.

—Ella es mi mujer, necesito que la examine, dice que está bien, pero puede que la adrenalina del momento…

—Primero vas a revisar a Irina —le corto, y le aviso con la mirada que no es momento de llevarme la contraria—. Tranquila, estaré aquí a tu lado, no me voy a ningún sitio.

La dulzura con la que le hablo me sale sola, como cuando Fiore se hacía daño y le curaba su raspón; creo que Irina me recuerda un poco a ella.

Nico nos hace ir a una de las habitaciones junto a la mía. Nona se queda mientras que él y Roma salen fuera. El médico se da cuenta de que la niña puede haber sufrido algún tipo de abuso y la trata con todo el respeto que puede, pidiéndole permiso para cada cosa que va a hacer, incluso tomarle la temperatura.

No sé qué le habrá pasado, ni lo que esos tres hombres le han podido hacer, pero sé que no voy a dejarla sola, puede contar conmigo de ahora en adelante. Estoy muy orgullosa de cómo se ha portado. No ha mirado mientras me encargaba de esos tipos y luego ha ayudado con Pietro como ha podido. Incluso ha estado apretando la tela contra él para evitar que perdiera más sangre de la debida. Y ni una sola vez ha llorado o entrado en pánico, es una jodida luchadora.

—Parece ser que está bien, creo que lo mejor es que ahora descanse, después de una ducha —nos dice el médico.

Habla con Nona sobre lo que debe inyectarle, por lo visto ella tiene conocimientos básicos de enfermería.

Entro al baño privado de la habitación y, por primera vez, me veo en el espejo. Tengo algunos golpes en el cuerpo y un chichón en la cabeza, elque me he hecho al darme contra el cristal.

—Voy a ayudarte a lavarte, después Nona te va a pinchar algo para que puedas descansar. ¿Tienes hambre?

—No —murmura.

Por su carita, veo que le hace más falta dormir que comer.

La ayudo con su ropa, huele mal, a pis y a vómito. No le pregunto, es algo que ella me contará algún día si quiere. Enciendo el agua, y cuando está a una buena temperatura, la acompaño dentro. Me mojo un poco, pero no me preocupa. Lavo su pelo con cuidado y ella se frota el cuerpo. Veo moraduras y cortes. Quiero volver a matarlos por tocar a una niña.

No sé el rato que nos pasamos así hasta que está limpia por completo y sale. Le seco el pelo mientras Nona entra con una camiseta y un pantalón de pijama. No tengo ni idea de dónde han sacado algo tan rápido, creo que podría ser de uno de los hijos de Umberto, ya que tiene coches, pero no estoy segura.

—¿Te vas a ir? —me pregunta cuando se mete en la enorme cama.

—Tengo que limpiarme, pero estoy aquí al lado.

—Yo soy Nona —se presenta oficialmente—, puedo cuidarte mientras ella no está, ¿te parece bien?

Irina me mira y asiento, entonces ella hace lo mismo en la dirección de Nona y esta se sube a la cama a su lado.

—¿Crees que podrás dormir? —le pregunta la abuela de esta casa e Irina niega con la cabeza.

—Cuando cierro los ojos los veo.

Y vuelvo a querer matarlos.

—Bueno, entonces voy a inyectarte esto, no va a doler, pero te ayudará a relajarte y dormir sin soñar, ¿te parece bien?

Irina asiente, está un poco asustada, pero no dice nada; es increíble esta niña.

Cuando Nona deja la jeringuilla vacía, se recuesta aún más y le empieza a cantar una nana italiana que mi madre me cantaba a mí. Le toca el pelo y veo como Irina poco a poco se duerme; por primera vez, me doy cuenta de lo joven que es.

Salgo de la habitación y me encuentro a Roma y Nico apoyados en la pared del pasillo esperándome.

—¿Puedes contarnos qué ha ocurrido? —pregunta Roma mientras Nico no deja de mirarme en silencio.

—Voy a quitarme todo esto de encima —le contesto—, pero tienes que ir al lugar donde he matado a los hombres que me han secuestrado, hay que hacer limpieza.

—¿Del tipo manguera? —se ilusiona Roma, y sonrío negando con la cabeza.

—Peor.

Da palmaditas como si le hubiera tocado la lotería. Le indico cómo llegar y se despide dándome un beso en la mejilla, no sin antes limpiar la sangre que debo tener en ella y que no sé de quién es.

Una vez que estamos solos en el pasillo, me quedo en silencio mirando a Nico tal y como él lo hace conmigo.

—¿No me vas a decir nada? —pregunto sin entender muy bien qué le ronda por la cabeza.

—Es la primera vez que he estado asustado en mi vida —confiesa.

—Lo siento —me disculpo, aunque no sé muy bien por qué.

—No, soy yo el que tiene que pedirte perdón por dejarte salir de esta casa sin decirte que te amo.

Capítulo 30

Nicola

No sé qué me ha llevado a decirle esto, pero no he podido frenarlo más. Sí, estoy enamorado como nunca lo he estado, y eso me gusta y me aterra a partes iguales.

—Nico —murmura, aún sorprendida por lo que acabo de soltarle.

—No hace falta que digas nada —le aclaro—, esperaré el tiempo que necesites para llegar ahí. Ahora deja que cuide de ti como debí haber hecho desde el primer día que entraste en esta casa.

La llevo a mi dormitorio porque no voy a volver a perderla de vista. Tengo muchas preguntas, no obstante, todas ellas tendrán que esperar hasta que pueda ver por mí mismo que no ha sufrido ningún daño.

Le doy la mano y entramos al baño. Allí, ella se queda callada mientras abro el grifo de la ducha y le quito la ropa ensangrentada que lleva. Cuando la tengo desnuda frente a mí, procedo a hacer lo mismo.

El agua caliente nos recibe y mientras la sangre se escurre a nuestros pies, la abrazo. Casi espero que ella se rompa, que llore, sin embargo, mi mujer no es así. Ella es fuerte, una reina, una joya. Mi perla.

Con el cepillo que tengo le limpio debajo de las uñas y luego enjabono su cabello, paso mis dedos por sus tatuajes y dejo que ella haga lo mismo con los míos. Es momento de conocernos, de dejarla entrar por completo, aunque eso pueda destruirme.

—*Ma perle* —susurro, besando el corte en su brazo—. ¿Sigue todo bien?

Asiente.

—¿Por qué no te parece raro? —pregunta, rompiendo su silencio por primera vez desde que hemos entrado.

—Nada en ti lo es, eres excepcional, esperar que seas igual al resto es no tener ni idea de la joya que eres, *ma perle.*

—¿Por qué me llamas perla?

—Tengo muchos motivos, dime cuántos quieres saber.

Ella sonríe y el brillo de sus ojos, ese del que estoy enamorado y que sé que fue el que inició todo, me saluda, haciendo que algo dentro de mí se relaje.

—Tres.

Sonrío y llevo mi boca hacia su cuello, me encanta morderla allí, lo hago antes de susurrarle la respuesta.

—Perfección Natural: Las perlas son conocidas por su belleza inherente y su pureza, como tú, *ma perle.*

—Muy bonito, ¿qué más?

—Distinción y Refinamiento: son símbolos de elegancia y buen gusto.

—¿Y?

—Durabilidad: Las perlas, a pesar de su delicadeza, son duraderas. Como espero que sea lo nuestro.

No me doy cuenta de que se ha movido hasta que su mano agarra mi polla y me tenso. Joder, casi me corro solo por sentir sus dedos apretándome.

—¿No me dirás otra razón?

—De momento no, tienes que ganártelo —contesto juguetón, ella sube su pierna para rodear mi cadera y guía mi punta a su entrada.

—Voy a empezar por aquí.

Le voy a decir que no me refiero a eso, pero Seren no me deja hablar, me besa a la vez que se empala dentro de mí y tengo que contar azulejos para no correrme en este mismo instante.

La levanto para que me rodee con la otra pierna y apoyo su espalda contra la pared. Presiono el botón que hace que cambie el modo de ducha a lluvia y comienzo a embestirla mientras nos besamos, a un ritmo lento, disfrutando de su cuerpo y el calor que me rodea en estos momentos. Joder, si antes tenía claro que estoy enamorado, ahora mismo sé que lo que estoy es perdido.

Pasamos más de media hora así, jadeando, gimiendo y disfrutando de nuestros cuerpos. Siento el interior de Seren apretar mi polla y eso me lleva al borde en segundos. Pongo mis dos manos en su culo, la aprieto y penetro tres veces tan profundo que grita mientras ambos nos corremos a la vez.

Me quedo con ella en brazos durante un rato más, disfrutando del sonido de su corazón y de las caricias en la espalda que mi mujer me proporciona.

Salimos y nos secamos, la espero en la cama mientras se encarga de su pelo. Me encanta su melena, y espero que no le dé por cortársela nunca.

—No mires hacia otro lado que no sea justo aquí. —Palmeo junto a mí en la cama en cuanto veo que ella sale y se queda indecisa de qué hacer.

—¿No crees que antes tenemos que hablar?

—Sí, tenemos que hablar, pero lo haremos mientras tú estás en mis brazos —le aclaro, y ella sonríe, luego se sube a la cama de un salto y se acurruca contra mi pecho.

Me encanta sentir su cuerpo contra el mío y no puedo evitar acariciar su brazo, lo cual nos lleva a que ella haga lo mismo con mi estómago, murmura algo sobre una V y sin darme cuenta está cabalgándome y yo gruñendo como un jodido animal cada vez que ella aprieta su interior.

Cuando por fin paramos a descansar, le pido que me cuente qué ha sucedido y cómo hemos acabado teniendo a una niña en la habitación de al lado.

Me habla de la forma en la que los tres hombres se la llevaron. El golpe que tiene en su cabeza, y que me preocupa por si tiene una conmoción, y la pila de mujeres muertas. Joder, se me hiela la sangre solo de pensar en que, si hubieran tratado de negociar con su padre, Tullio, ahora mismo Seren estaría muerta.

Cuenta como la niña ha pasado por cosas que no debería, aunque no está segura del todo de algunas porque no quiere presionarla, y hace bien, es demasiado joven para esto.

Mi móvil suena en algún lugar de la habitación y miro mi reloj para ver qué es. Un mensaje de Vittoria.

Seren ve quién lo manda y trata de levantarse, pero no la dejo, nos giro para quedar sobre ella y obligarla a que me escuche.

—Ella no significa nada para mí —le aclaro, mirándola a los ojos.

—Te la follabas.

—Sí, antes de conocerte, tiempo pasado, no ha ocurrido nada con nadie desde que te cruzaste en mi camino la noche del cumpleaños de Fiore.

Se lo repito por si la primera vez que se lo dije no le quedó lo bastante claro.

—Ella te desea, y no me gusta.

—A ti te desean todos los hombres que te miran —gruño.

—No es lo mismo.

—¿No?

—No, porque yo tengo que verla a tu lado a diario. Aunque quizás pueda contratar a un asistente, sí, tengo algunos nombres que me vienen a las bragas, quiero decir, a la mente.

—Seren —trato de cortarla, pero ella continúa.

—Si a ti no te parece mal trabajar con alguien con quien te has acostado, yo puedo hacer lo mismo. Nico, te lo dije, este matrimonio es de iguales.

—¿Y qué pretendes? ¿Que me deshaga de ella?

—No, no voy a decirte lo que tienes que hacer, solo te voy a advertir que no voy a dejar que me humillen ni a permanecer callada mientras otra trata de ocupar mi lugar. Si no me das mi sitio, buscaré otro en el que me valoren.

Oírla decir que me dejará me vuelve loco y grito por frustración. Ella no se inmuta, a pesar de estar debajo de mí, de que sabe que puedo hacerle daño, no veo ni un atisbo de miedo en sus ojos, lo que sí veo es el brillo que tanto adoro.

—Te amo —le susurro contra sus labios tras respirar hondo y calmarme—, no le he dicho esto a ninguna otra mujer.

—Y yo quiero decirte lo mismo, pero cuando lo haga tendré que contarte cosas sobre mí que no sabes, que no me pertenecen en exclusiva, y puede que ya no me mires de la misma manera.

Su confesión me pilla desprevenido y ella aprovecha para escabullirse de debajo de mí y salir de la cama.

—Creo que tu «trabajadora» te reclama, así que, vamos, te acompaño.

Lo dice como si fuera un niño pequeño y me encanta notar que está celosa. Es algo que tendré que trabajar porque está claro que no confía en mí como para entender que Vittoria o cualquier otra se podrían poner desnudas delante de mí y no les daría ni un vistazo. Ya tengo a mi lado a la mujer que amo, no necesito mirar hacia delante porque ella es la que me guía.

Nos vestimos y bajamos a la sala donde está Vittoria con Roma y Umberto, ambos miran a mi mujer con respeto, se lo ha ganado.

—¿Qué necesitas? —le pregunto, rodeando a Seren con mis brazos para que quede claro que no tengo que elegir porque ya tengo lo que quiero.

—Entre los cuerpos que hemos encontrado donde nos ha dicho Seren —comienza Vittoria, pero mi mujer la corta.

—Señora Baglioni —la corrige, y Roma va a soltar una de las suyas, pero lo miro a tiempo y se calla, aunque sonríe.

—Por supuesto —recula Vittoria—, una de las mujeres es la prima de Lev Kuznetsky. Y por lo que hemos encontrado entre sus papeles, hay gente de la Cosa Nostra involucrada en esto.

—Mierda —siseo.

La reunión del otro día con él y Zakrone no ha servido para nada, en cuanto se entere de esto va a querer que rueden cabezas. Espero poder convencerlo de que yo también quiero destripar a quien haya pensado que secuestrar a mi mujer y seguir vivo era una puta opción.

—Han traído esto para ti, Seren —dice Davide, entrando en la sala con un enorme ramo de flores.

Parecen margaritas, pero más grandes, con muchos colores. Supongo que sus hermanas se habrán enterado por Roma. Lo miro y él está entrecerrando los ojos.

—Son preciosas, voy a ponerlas en agua. —Sonríe y me besa, como si hubiera sido yo quien se las ha enviado.

Davide me entrega la nota que venía con las flores y sonrío, mi gente es demasiado eficaz.

—¿De quién son? —pregunta Vittoria, y gruño.

Roma me quita la tarjeta y la lee en voz alta, entre nosotros no hay secretos, y menos si involucra a la seguridad de mi mujer.

—Gracias por lo del otro día. L.

—¿Quién es L? —pregunta Umberto, y Roma se encoge de hombros.

Vittoria se acerca hasta mí para hablarme en un tono que solo yo puedo oír, ahora mismo la rabia me consume y quiero destrozar cosas.

—Te lo dije, mis fuentes no me engañan, hay alguien más en este matrimonio —susurra, y quiero partirle el cuello, pero ella no tiene la culpa.

—Si estás en lo cierto, voy a quedarme viudo muy pronto.

Capítulo 31

Seren

Veo a Nico venir hacia mí como un toro y miro a la chica que está limpiando la cocina esperando encontrar una respuesta al motivo de su actitud.

—¿De quién son las flores? —pregunta, y veo a Roma, Umberto y Vittoria en la puerta mirándonos.

—Pensaba que tuyas, si no lo son no tengo idea de dónde han salido. No llevaban tarjeta.

—Sí la tenían, esta —me suelta mientras enseña un pequeño sobre color hueso y una tarjetita garabateada.

—¿Se puede saber quién te ha dado derecho a abrir un sobre dirigido a mí? —casi le gruño, y él se sorprende.

Idiota, ¿qué esperaba?

Le arranco el papel de las manos y lo leo, me quedo pensativa tratando de recordar algo que hiciera hace poco por alguien que comenzara por L.

—¿Y bien? —insiste Nico, esperando una respuesta.

—Pues no tengo ni idea de quién me las ha mandado, ¿quizás alguien de la residencia de tu madre?

—No creo, claramente trata de ocultar su identidad poniendo solo la inicial.

Lo miro y, cuando comprendo toda la situación, suelto una carcajada que lo hace enfadar todavía más.

—¿En serio me estás queriendo decir que tengo un amante o algo así?

—Tus palabras, no las mías.

—Atento a la siguiente palabra, que va de mí para ti con todo mi amor: gilipollas.

Me doy la vuelta y salgo de allí, empujando con mi hombro a todo el que se interpone en mi camino. Subo las escaleras y voy al cuarto donde descansa Irina. Me sorprendo al ver a mi suegra hablando animadamente con ella junto con Nona.

—¿Interrumpo? —pregunto entrando, y las tres niegan con la cabeza, sonriendo—. ¿Cómo te encuentras?

—Bien, creo no he tenido sueños feos.

—Me alegro.

—Estábamos a punto de jugar a Burro, es un juego que aprendí es España —me explica mi suegra, y veo la baraja en las manos de Nona moverse.

—Que sepáis que no voy a dejaros ganar —exclamo, saltando a la cama junto a Irina, que se ríe como si hace unas horas no hubiera estado atada como un perro a una pared.

Pasamos el rato jugando y parece que el mundo fuera de esa habitación se ha detenido. Solo somos cuatro mujeres pasando el rato, y no puedo evitar sentir un poco de tristeza por no estar con mis hermanas.

Cuando se llevan la cena, las cuatro estamos cansadas queriendo ir a dormir. Irina ha aceptado acompañar a mi suegra a su nueva residencia para que la evalúen, yo la veo bien, pero quién sabe lo que hay en la mente de una niña que ha pasado por tanto.

Me despido de Irina, que se queda con Nona y mi suegra, las cuales le van a contar cuentos hasta dormirse. Salgo y veo a Nico sentado en el suelo con la cabeza echada hacia atrás y los ojos cerrados.

—¿Cuánto llevas aquí?

—Desde que has entrado.

Trato de no sorprenderme porque eso fue hace horas.

—Tengo al avión esperando —dice mientras se levanta y se estira—, he llamado a tu padre y tenemos que hablar sobre cómo actuar con todo el tema de tu secuestro. He pensado que podríamos ir a Palermo y quedarnos en tu casa, ir a visitar la tumba de tu madre y ver algunos áticos que están a la venta.

—¿En serio? —pregunto entusiasmándome, y él asiente.

—He sido un idiota, lo siento, esto de estar enamorado es nuevo para mí —se disculpa, y lo beso.

Me lleva a nuestra habitación, que ahora tiene todas mis cosas en ella, y me da veinte minutos para coger lo que necesite. Vamos a estar un par de días allí, así que me emociono de pensar en volver a casa.

Decidimos no avisar a mis hermanas, vamos a llegar de madrugada y quiero que sea una sorpresa.

Para cuando el avión aterriza, me cuesta mantener los ojos abiertos. Así que en cuanto mi cabeza toca la almohada de la que era mi cama, me quedo dormida.

El amanecer nos sorprende enredados el uno en el otro. Nico me besa el cuello mientras mete su mano en mi pijama y hunde sus dedos en mis pliegues. Es rápido, implacable y me hace jadear con cada movimiento, pero no dejo de ser consciente de que mis hermanas están cerca y no quiero que nos pillen así. De todas formas, meto mi mano en sus pantalones y mientras él me da placer yo lo llevo hasta el extremo de morder mi hombro para evitar gritar cuando se corre en mi mano.

—¿Qué planes tienes para hoy? —le pregunto al salir del baño tras la ducha.

—Tu padre y yo desayunaremos con Vincenzo y hablaremos de los papeles que hemos descubierto en el almacén donde te llevaron.

Se me eriza la piel de pensarlo, de recordar a las mujeres que no pude salvar.

—¡Te voy a matar, Roma! —escucho el grito en la habitación de al lado y corro hasta allí, Nico me sigue.

Entro al cuarto de Ori y veo a mi nuevo primo campando a sus anchas en la cama de mi hermana con tan solo un bóxer puesto.

—Oh, por favor, no quiero ver eso —me quejo—, tápate.

De que Roma es *follable* no tengo dudas, sin embargo, no lo veo de esa manera, ha pasado a ser familia y me parece asqueroso ver su polla en plan tienda de campaña tan temprano.

—¡Seren! —gritan Nella y Fiore al entrar a la habitación, y me abrazan.

—Ahora te saludo, en cuanto me duche y me quite el asco de haber dormido con este en la misma cama —gruñe Ori, y miro a Roma con las cejas alzadas.

—Le pregunté si podía dormir aquí y no me dijo que no.

—¡La pregunta no cuenta si estoy dormida, idiota! —se escucha a mi hermana en el baño mientras abre el grifo de la ducha.

Por suerte para todos, y en especial para Roma, mi padre esta noche no dormía aquí, por lo visto tiene nueva amante y debe estar con ella ahora mismo.

—Voy a ducharme, he quedado con Tullio en media hora para desayunar en un café del centro —murmura Nico dirigiéndose a nuestra habitación—. Roma, mueve el culo, vienes conmigo.

—Enseguida, me doy un agua y ya estoy —contesta feliz, encaminándose hacia el baño.

Nella, Fiore y yo alucinamos con sus intenciones hasta que Nico aparece, lo coge de la oreja y se lo lleva de allí. Abre el cuarto de la criada, que es donde se supone que dormía ahora que la chica está de vacaciones, y lo mete en él, dándole una patada en el culo antes de cerrar la puerta.

—¿Ha pasado algo entre estos que deba saber? —pregunto extrañada por toda la situación.

—No es mi tema para hablar de él —responde Nico, encogiéndose de hombros, y no lo fuerzo porque, al fin y al cabo, tiene razón.

Paso la mañana disfrutando de un batido de fresa junto con mis hermanas. Nos ponemos al día y nos reímos de cómo la prima Francesca no deja de perseguir a Roma, hasta tal punto que da un poquito de vergüenza ajena.

—Esto es todo culpa de él, no le ha dejado las cosas claras —gruñe Ori.

—A ver, hasta yo me he dado cuenta de que no quiere nada con ella, quizás nuestra prima debería quererse un poco más, ¿no? —interviene Nella.

—Me he enamorado de mi marido —suelto, y las tres me miran.

—Bueno, al menos te has dado cuenta ya, era evidente cuando os fui a visitar —murmura Ori, y le tiro una servilleta usada que hay sobre la mesa.

—Seguro que es romántico a pesar de su lado de malote —suspira Fiore, y nos reímos.

—Tengo miedo a que, si sabe todo lo que hacemos, se enfade por habérselo medio ocultado, o a que me mire de diferente manera si le digo que queremos matar a nuestro padre, o que me pida que no lo haga porque sus negocios se joderían.

—Entonces, no se lo cuentes —suelta Nella.

—Así no es como quiero una relación.

—¿Qué vas a hacer? —pregunta Ori, que me conoce y sabe que esto no ha sido una simple confesión.

—Quería pediros permiso para contarle lo que hacemos, este secreto es de todas, y si no estáis de acuerdo lo aceptaré.

—No hay problema por ninguna, ¿verdad? —asegura Fiore, y cuando miro a las tres me doy cuenta de que es así.

Puede que este secreto sea algo grande, solo de nosotras, pero si eso hace que mi felicidad se vea empañada están dispuestas a exponerse. Yo haría lo mismo por ellas. Daría mi vida por cada una de mis hermanas sin dudarlo.

Pasamos tres días allí en total. Nico me acompaña a la tumba de mi madre y le presenta sus respetos, le cuento cómo era y me abraza cuando alguna lágrima se me escapa entre recuerdos.

También vamos a ver cuatro áticos, cada cual más extravagante y caro, pero como no quiero dejar pasar la oportunidad, le pido que compremos el que está más cerca de casa de mi padre, así no solo lo usaremos nosotras, mis hermanas tendrán un lugar al que acudir en caso de que sea necesario.

Para cuando nos montamos en el avión de regreso, estoy cansada y feliz, ahora quiero encontrar la manera de decirle a Nico que lo amo.

—¿Te lo has pasado bien? —pregunta mi marido, ayudándome a bajar del avión mientras Roma flirtea con la azafata.

Por lo visto, es nueva y no se la ha tirado todavía.

—Mucho, necesitaba volver a estar con ellas así. Gracias por acompañarme. Ha significado mucho para mí

—No me las des, me cuesta un poco separarme de ti.

Lo miro y veo en sus ojos tristeza mezclada con…

—No es culpa tuya lo que me pasó —le aclaro.

Mis heridas apenas se ven y el chichón ya solo es un bultito.

—Debería haber ido contigo en ese coche.

—Puede que estuvieras muerto si hubiera sido el caso.

—Nunca hubiera dejado que llegaran a ti.

—No lo hicieron, solo tocaron la superficie, y por eso recibieron su castigo.

—Puedo jurarlo —interviene Roma, subiéndose al coche—, lo que encontré en ese almacén fue asqueroso, primita.

—Roma —lo regaña Nico, y sonrío.

—Es verdad. Te admiro porque la forma en la que la piel estaba separada del músculo era una obra de arte, pero, por favor, si alguna vez te cabreo, házmelo saber y me arrastraré ante ti.

Me río mientras el coche arranca y ponemos rumbo a casa.

Casa.

Curioso como ahora ese sitio lo considero mi hogar, bueno, si lo hago es porque Nico está allí.

Llegamos, y en cuanto bajo veo que la cara de Davide es seria, me temo lo peor y pregunto.

—¿Está bien Pietro?

—Sí, ha pedido verte cuando regreses, quería estar aquí esperando, pero todavía no puede ponerse los pantalones solo, así que ha tenido que seguir en cama.

—Entonces, ¿a qué viene esa cara seria?

—Ha llegado algo para ti —contesta, y no entiendo nada—. Está sobre la mesa de la entrada.

Nico, Roma y yo nos miramos sin saber qué puede poner tan serio a este soldado, y cuando lo veo me doy cuenta. Me giro para ver a Nico y la ira en sus ojos mientras sisea:

—¿Quién cojones te ha vuelto a mandar otro puto ramo de flores?

Capítulo 32

Nicola

Miro a Vittoria y sus ojos me dicen que Seren oculta algo que ella sabe. No, joder, no voy a pensar así de mi mujer.

—Son del tal L —confirma Seren con la nota en la mano—. No tengo ni idea de quién es.

—¿Seguro? —pregunto cabreado, y ella alza las cejas, me saca el dedo del medio y se larga, tirando la nota sobre la mesa de la entrada junto a las flores.

Cojo el ramo y lo lanzo, jarrón incluido, contra la pared. Seren se da la vuelta y me mira con los brazos en jarra.

—Muy maduro de tu parte.

—Que sepas que voy a investigarlo —le advierto, no sé por qué lo hago.

Bueno, sí, porque no quiero creer que ella me engañe, no la primera mujer de la que me enamoro.

—Pues cuando sepas quién es ya me lo contarás, o no, la verdad es que me da igual. Solo te advierto que no voy a aguantar mierda celosa solo porque te…

Se calla, mira a Roma y a Vittoria, se gira y se va. Cabreada. Sé que tiene razón, pero mi cerebro no puede llegar a entenderlo y necesito llegar al fondo de esto.

—Toma —me tiende Vittoria la tarjeta, y veo el nombre de la floristería.

—Creo que antes de empezar a obsesionarte con esto deberías ir a ver a Pietro —comenta Roma, y asiento.

—Tienes razón. Vittoria, nos vemos después para revisar lo de los irlandeses —la despido, y su cara me dice que no le hace gracia.

Me guardo la tarjeta y voy hasta donde mi amigo está convaleciente. Tiene cara de perro cuando entramos y no se encuentra solo, mi mujer ya está aquí. Por supuesto, ella es así, se preocupa de la gente y no de gilipolleces como lo de las flores.

—¿Cómo te encuentras? —le pregunto mientras me doy cuenta de que Seren me ignora y Roma se ríe al percatarse.

—Cabreado, nadie me quiere ayudar a ponerme los pantalones —gruñe.

—Dime que no estás desnudo ahí abajo —se queja mi mujer como si él fuera su hermano pequeño y no alguien bajo mi mando.

—Si la respuesta es sí vas a recibir otro tiro por hablar con mi mujer con la polla al aire —le advierto.

—Por lo visto, tampoco me podrías mandar flores —murmura Seren, y tengo que respirar hondo para no joderla todavía más.

—Tengo puesto los calzoncillos y un pantalón que no es adecuado para salir de aquí.

Roma y yo nos miramos, creo que ya sé lo que pasa. Mi primo coge un extremo de la colcha y yo el otro, tiramos mientras Pietro intenta agarrarla y se queja porque le duele la herida, pero no nos detenemos, no hasta que lo dejamos al descubierto.

—Que sepas que en cuanto pueda cambiarme de ropa te mando a la mierda y me largo de aquí —refunfuña Pietro mientras Roma y yo no podemos dejar de reír.

—Vaya, no sabía que eras fan de la *Patrulla Canina*, aunque déjame decirte que necesitas alguna talla más —comenta Seren, y eso hace que soltemos más carcajadas—. ¿Alguien me puede explicar qué me estoy perdiendo?

Cuando termino de secarme las lágrimas, le contesto.

—Mi madre nunca lograba que me quedara en la cama cuando estaba enfermo, y eso la desquiciaba. La primera vez que me dejaron con varias costillas rotas tras una pelea se inventó un método que yo apliqué a mis hombres cuando estuvimos alistados.

—¿Qué hizo mi suegra? —pregunta divertida, y amo la forma en la que llama a mi madre como parte de su familia.

—Le puso unos pantalones de pijama de la Barbie —prosigue Roma, riéndose al recordarlo—, y le dijo que cuando fuera capaz de quitárselos y ponerse otros podría levantarse de la cama.

Seren me mira, luego a Pietro y al final rompe a reír.

—No es gracioso —refunfuña Pietro, y eso nos hace carcajearnos aún más—. Esto es acoso como mínimo.

—Umberto ya te dijo que se vengaría por la última —le recuerdo.

—¿Qué pasó? —inquiere Seren.

—Casi matan a Umberto, y este le hizo prometer que no le pondría un pijama ridículo —le explico.

—Y cumplí mi promesa —se queja Pietro—, lo que le puse fue un camisón de las *SuperNenas* que le quedaba muy bien.

—Desde luego, el color le combinaba —interviene Roma, y todos nos reímos de nuevo.

—Voy a ver a Irina, me siento mal por haberla dejado aquí sola estos días —comenta Seren, yendo hacia la puerta.

—Nona y mi madre han dicho que está muy bien —trato de calmarla.

—Prefiero comprobarlo por mí misma, supongo que no somos tan diferentes, ¿no?

Dicho esto, sale y Roma saca su móvil y lo agita para que se escuche el sonido de un látigo.

—¿Me he perdido algo? —pregunta Pietro mientras le tiro a Roma una zapatilla que hay a los pies de la cama.

—Nico cree que Seren podría tener un amante que le manda flores.

—¿En serio? —inquiere Pietro—. Nico, esa mujer vale oro, y no, no me mires con cara de querer asesinarme, no la veo como tú, pero sí que la valoro y te voy a decir una cosa.

—¿Qué?

—Estoy seguro de que hay un montón de tipos esperando a que tú la cagues para intentar conquistarla.

Medito las palabras de Pietro y sé que tiene razón.

Pasamos un buen rato poniéndolo al día sobre lo que he hablado con Tullio. Ya ha empezado a cedernos los contactos y las empresas que usa para el contrabando de armas, y lo primero que voy a hacer es una auditoria. No me fío de que las cuentas estén falseadas de alguna manera.

Cuando acabamos, Roma y yo nos dirigimos a la sala donde tengo mi *whisky*, necesito un trago y tejer un poco para calmar mi mente.

—¿Qué haces ahora? —pregunta mi primo, señalando las agujas que tengo entre mis dedos.

—Un gato negro con una luna en la frente.

—¿Puedes tejer una vagina? —inquiere serio, y le tiro un cojín porque la mente de Roma va por su cuenta desde que somos niños.

—¿Crees que tengo que desconfiar de Seren?

—No —contesta categóricamente, entregándome mi vaso—, es una persona leal, no la veo siéndote infiel.

—Pero…

—Pero te conozco y sé que no vas a parar hasta que descubras quién le manda esas flores, le metas tu pistola por el culo y le dispares al menos diez veces.

—No podría haberlo descrito mejor.

—Te gusta de verdad, ¿eh?

—Estoy enamorado —le confirmo, y Roma sonríe.

Creo que él ya lo sabía.

—Entonces no dudes de ella, no la cagues, ya te lo ha dicho Pietro, debe haber una fila enorme esperando a que la jodas para entrar en acción.

—Si eso sucede, si ella me deja, mataré a cualquiera que trate de ocupar mi puesto —le gruño.

Coge mis mofletes y me los zarandea como si fuera una abuela con su nieto.

—Eres adorable cuando te enfadas —murmura, y le doy un cabezazo que él esquiva por poco.

—Voy a llamar a la floristería, quizás todo sea un error y estén mandado a quien no deben esas flores —le cuento mientras dejo las agujas de tejer a un lado y saco mi teléfono junto con la tarjeta.

—Es una posibilidad.

Busco la tienda y veo que es una cadena, no me gusta usar ese tipo de servicios, prefiero el comercio pequeño, el de toda la vida.

Tras cinco tonos salta el contestador, pero no desisto. Cuelgo y vuelvo a marcar. Esta vez, al tercer tono alguien contesta.

—Buenos días, floristería Fiori di Felicità, ¿en qué puedo ayudarle?

—Verás, tengo un problema con unas flores que he recibido, resulta que he perdido la tarjeta y ahora no sé quién me las envía. Por el papel que usáis para envolverlas he podido descubrir que lo hicisteis vosotros.

—¿Puede darme la dirección en la que se entregaron?

Le contesto y ella me pide que aguarde un minuto. Escucho cómo teclea hasta que encuentra lo que busca.

—Esas flores son un encargo de nuestra sucursal de Palermo —me informa—, la receptora es Serenella Farnese según tengo aquí puesto, ¿es usted?

Mi voz de hombre me delata, pero voy a usar el truco de mi primo para estos casos.

—Sí, soy yo, ¿por qué duda?

La línea se queda un momento en silencio hasta que la chica se disculpa.

—Perdona, hay una mala conexión y suena más masculino y me he despistado.

—No debería juzgar por teléfono —prosigo—, nuestro género no depende del tono de nuestra voz.

La chica ahora se deshace en perdones mientras Roma se ríe a mi lado, tapándose la boca para que no lo oigan.

—¿Puede decirme quién las envía?

—No, aquí solo me sale una dirección de Palermo —que cuando me recita me doy cuenta de que es donde vivía con su padre y sus hermanas— y que es algo habitual, el cliente paga por adelantado. Según el registro, lleva meses enviando flores una vez a la semana a esa dirección.

Le cuelgo sin decirle nada más.

—¿Qué piensas? —pregunta Roma, que ha escuchado todo.

—No lo sé, ella no me ha dicho nada de unas flores nunca.

—Algo me huele mal, no sé. Deja que llame a Ori.

—¿Qué está pasando entre vosotros? —inquiero sin tener muy claro si quiero saber la respuesta o no.

—Todo y nada.

Sí, era mejor no preguntar.

Roma pone su teléfono en modo altavoz y mi cuñada contesta al segundo tono, haciendo que mi primo sonría.

—Tengo a Nico escuchando —le advierte, antes que nada, lo cual me hace pensar muchas cosas.

—Vale, ¿qué queréis?

—¿Tu hermana tiene algún… llamémosle enamorado?

—No que yo sepa —responde sin dudar—. ¿Esto es por las flores?

—Joder, eres buena —murmuro, y veo el brillo de orgullo en los ojos de Roma.

—Sí, Nico no sabe qué pensar al respecto.

—Te voy a dar un consejo no pedido: déjalo antes de que se dé cuenta.

—¿De qué? —caigo en la trampa.

—De que es demasiado buena para ti y te pida el divorcio.

Capítulo 33

Nicola

Cojo el teléfono de Roma y lo estrello contra la pared.

—Sobre mi puto cadáver se divorciará de mí —gruño.

—Primito, la he visto manejar un cuchillo, creo que eso no sería un problema.

Salgo de allí como alma que lleva el diablo y me encierro en mi despacho dando un portazo. Sé que estoy siendo irracional, todo con ella lo es. No puedo pensar o respirar ante la idea de que me deje, y eso está haciendo que no pueda aguantarme ni yo mismo.

Escucho risas en el jardín, y al asomarme veo a mi madre con Seren jugando con Irina. Me quedo atónito al ver cómo esa niña está disfrutando, y no solo eso, mi madre, la que apenas ha hecho nada más que pasear y sentarse en el banco del jardín, ahora corretea detrás de ella mientras mi mujer les dispara con una pistola de agua.

Decido bajar a disfrutar de las mujeres de mi vida, necesito calmarme y disculparme con Seren por dudar de esta manera tan irracional.

Cuando llego a la puerta del jardín que está en la cocina, me quedo parado. Quiero ser parte de este momento, pero, por otro lado, me da miedo que todo acabe cuando llegue.

—Hace años que no veía a tu madre tan feliz —dice Nona a mi lado.

—No recuerdo cuándo lo fue la última vez.

—Ella lo es a tu lado, solo que su mente no le deja expresarlo. Sin embargo, Irina es como un rayo de luz, tiene a todos tus guardias comiendo de su mano. Incluso Davide le ha dejado que le haga moñitos en el pelo.

La miro estupefacto. Davide ama a su pelo de una forma poco sana, hasta el punto de que cuando aún estábamos desplegados con las tropas, un idiota pensó que sería divertido cambiar su champú por una mezcla de huevo y jabón para lavar la ropa. Lo siguiente que supe es que al idiota lo estaban trasladando en helicóptero para tratar de salvar su vida.

—Me alegra saber que la niña se está adaptando bien.

—Mejor que eso, parece que no haya pasado nada malo, si alguien hablara con ella no notaría que con diez años ha vivido horrores que ni con cincuenta debería haber visto. Parece hija de Seren.

Veo a mi madre sentarse y voy hacia ella. Seren e Irina desaparecen por la parte trasera de la casa corriendo, y no puedo evitar sonreír.

—Hasta que por fin vienes a saludarme —se queja mi madre mientras le doy un beso.

—Estaba ocupado con algunos temas.

—Como dudar de tu mujer.

—¿Lo sabéis todos? —refunfuño.

—No la agobies con eso de las flores, no creo que mienta cuando dice que no tiene idea de quién se las manda.

—Vittoria me ha dicho que tiene información.

—Mira, aprecio a esa chica porque ha estado a tu lado mucho tiempo, pero no te olvides de que no es ella a quien le pusiste un anillo en el dedo.

Asiento, dándole la razón. Escuchamos a Irina reír y veo cómo aparecen por la otra esquina ambas. Seren lleva el pelo desordenado y no para de tirarle agua a la niña mientras esta se esconde por donde puede.

Cuando llega a la altura donde Salvatore está de vigilancia, este le da dos globos de agua riendo. Irina se gira y se los lanza a Seren, acertando uno de ellos en su tripa y el otro en sus pies. Va descalza.

—¡Traidor! —le grita mi mujer a Salvatore, y le da cuatro tiros de agua sin dejar de reír.

Cuando llegan hasta donde estamos, Irina se queda parada frente a mí y Seren al llegar la coge por detrás, haciéndola girar y reírse.

—Te atrapé —se jacta mi esposa.

Ambas caen al césped y la sonrisa en mi cara viéndolas disfrutar de la vida es una que jamás había tenido hasta hoy.

—Tregua —jadea Irina, y Seren levanta sus manos.

—Te libras porque quiero un batido, ¿te apetece uno? —le pregunta, ignorándome, y después pasa a mi madre, que se ríe al ver que obvia mi presencia.

—¿Él no quiere nada? —inquiere Irina, señalándome.

—Bastante tiene con sacar la cabeza de su culo.

La niña se ríe por la palabra «culo» y le pide a Seren que le enseñe las fotos que le ha prometido.

—Te dejo mi teléfono para que les eches un ojo, a ver si eres capaz de averiguar quién es quién, ¿de acuerdo?

Le entrega su móvil desbloqueado y sin ninguna advertencia, eso no es algo que haría alguien que tiene secretos.

Se dirige hacia la casa y la sigo. Al entrar a la cocina, Nona me da una sonrisa cómplice y desaparece. Seren sigue ignorándome mientras usa la máquina de batidos más cara de la historia para preparar dos de fresa para ella e Irina y uno de plátano para mi madre. Saca la nata, el sirope y busca en los armarios hasta que da con las virutas de colores.

—¿No vas a hablarme? —pregunto, poniéndome entre el armario y ella.

—¿Ya sabes quién manda las flores?

—No. En la floristería no pudieron decirme mucho.

—A mí tampoco me contaron nada útil.

—¿Llamaste?

—Claro que lo hice, después del primer ramo, no sé quién manda eso y no me gusta que lo haga.

Sus palabras son una patada en el culo directa.

Me acerco a ella, la giro en mis brazos y la subo para que se quede sentada en la encimera, abro sus piernas y me coloco entre ellas.

—No me gusta que seas indiferente conmigo —confieso, y pongo mis manos en sus muslos.

Hoy lleva un vestido a media rodilla con falda amplia, por lo que puedo pasar mis dedos por su piel.

—A mí no me gusta que dudes de mí.

—No lo hago, joder, intento no hacerlo, pero no puedo soportar la idea de otro hombre tratando de conquistarte.

—Entiendo que es difícil, es como si alguien con quien me hubiera acostado trabajara conmigo y tuvieras que verlo a diario.

Sus palabras me hacen sonreír.

—*Touché*. ¿Me perdonas?

—Puede —contesta juguetona.

—*Ma perle*, tendré que hacer algo entonces para conseguir mi redención.

El brillo que tanto amo en sus ojos se enciende mientras mis manos ascienden por sus muslos y llegan hasta su ropa interior. La rasgo sin cuidado mientras lamo su boca.

—¿Qué haces? Pueden vernos.

Miro por encima de su hombro y veo en la ventana que todos siguen donde estaban. Bajo mi boca a su cuello y lo muerdo. Mi dedo roza su centro y noto que está empapada.

—Tienes que ser silenciosa —murmuro mientras me desabrocho los pantalones y saco mi polla.

Acerco su culo a la orilla de la encimera y la empalo en un solo gesto. Ella clava sus uñas en mis hombros y casi me corro del gusto. Nos tapo con su vestido, puede que entre alguien, pero no va a ver nada que me pertenezca.

—Joder, *ma perle*, quiero vivir dentro de ti —le confieso mientras me muevo a un ritmo lento y voy tomando velocidad.

—Nico, sí, no pares —gime en mi oído, tratando de no gritar y volviéndome loco en el proceso.

Rodeo su cuerpo y la atraigo contra mí para hundirme lo máximo que puedo en ella, quiero sentir su alma latir contra mi pecho.

No duramos demasiado, ella se corre primero, mordiendo mi hombro, y eso hace que me vacíe en ella un segundo después.

Cuando terminamos, apoyo mi frente en la suya, ambos jadeando, y beso la punta de su nariz.

—Te amo —murmuro, y justo cuando ella va a decir algo, escucho a dos de mis hombres reír como si estuvieran acercándose a la cocina.

Seren me empuja y se baja, arreglándose el vestido. Yo me guardo la polla a tiempo de que mis hombres no la vean.

—Saca los batidos —me ordena mi mujer, yendo hacia la puerta que da al interior de la casa.

—¿Dónde vas?

Se acerca y pega sus labios a los míos para contestar.

—A evitar que tu semen se resbale por mis muslos delante de tu madre.

La imagen que me acaba de dar, sin mi madre en ella, hace que tenga ganas de llevarla a nuestra habitación y follarla de nuevo.

Seren ve mis intenciones y sale corriendo y riendo. Joder, amo cada una de las cosas que hace.

Como un buen sirviente, cojo los batidos y los llevo fuera. Le doy a mi madre el suyo y veo a Irina observarme como si no terminara de confiar en que no le voy a hacer daño, no sé si es por mí o porque soy un hombre.

Siguen pasando fotos y esta vez yo les confirmo quiénes son Fiore y Nella, mi madre conoce a Ori de cuando estuvo aquí unos días.

De pronto, Irina tira el teléfono como si quemara.

—¿Qué ocurre? —pregunta mi madre mientras lo levanto del suelo y veo la foto de la pantalla.

En ella sale Fiore con mi suegro el día de su cumpleaños, sonrío al recordar que fue la primera vez que vi a mi mujer, y entiendo que ya en ese momento me tenía a sus pies.

—Él... lo conozco —murmura la niña.

—¿Tullio Farnese? —cuestiono.

—No sé su nombre, pero es él, es uno de los que me ha hecho «visitas».

La forma en la que lo dice y la vergüenza que parece sentir al hacerlo me dejan claro que no se refiere a actos de cortesía.

—Si te ha hecho algo lo va a pagar, Irina —le prometo.

—¿Quién va a pagar por algo? —pregunta mi mujer, llegando hasta donde estamos.

—Tu padre, le hacía visitas a Irina —contesto, intentado no decir las palabras que en realidad lo describen.

—¿Estás segura? —pregunta mi esposa, y por un momento siento pena de que se haya enterado de que su padre hace estas cosas.

—Sí.

—Ese cabrón lo va a pagar —gruño.

Miro a Seren y veo el brillo en sus ojos irradiar odio puro.

—Sí, lo hará, pagará con su vida lo que ha hecho.

—¿A qué te refieres? —inquiero, tratando de discernir si es una amenaza vacía.

—A que lo voy a matar, llevo años planeándolo y esto es solo otra piedra más en su tumba.

Capítulo 34

Seren

Han pasado dos días desde que Irina reconoció a mi padre en las fotos del teléfono. No puedo quitarme de la cabeza la imagen de esa pobre niña haciendo lo que viejos verdes le ordenaban. No la he dejado sola en ningún momento. He dormido con ella en su habitación mientras he escuchado todo lo que me ha contado.

Por lo visto, la niña con la que iba Irina cuando la secuestraron era hija de uno de los hombres que llevan la trata de blancas. Él la había comprado para que jugara con ella de día mientras que de noche la obligaba a pasearse por la casa desnuda.

Gracias a Dios que no la tocaron, aunque tuvo que ver cómo ellos se masturbaban mirándola. Parece ser que una niña virgen es demasiado dinero, y esta aún era joven para los compradores habituales. Así que, de alguna extraña manera, tuvo suerte de no ser violada.

Se me revuelve el estómago solo de pensarlo.

Hoy mi suegra e Irina parten de viaje, se ha ofrecido a llevarla a la playa en España, a una casa que tiene allí mi marido. Irina nunca ha visto el mar y está emocionada, creo que le vendrá bien cambiar de aires. Y según Nico es más seguro que visitar cualquier costa italiana.

—Os voy a echar de menos —les digo a mi suegra y a la niña, abrazándolas.

—Y nosotras a ti.

—¿Vendrás a vernos? —pregunta Irina, y yo asiento.

—Claro que sí, también quiero jugar en la arena.

Después de besos y abrazos, las veo subirse al todoterreno negro, escoltados por otros dos llenos de hombres de mi marido, y desaparecer por la puerta de entrada.

Nico y yo tenemos nuestros dedos entrelazados y apoyo mi cabeza en su hombro, suspiro y siento que voy a echar muchísimo de menos a ambas, se han convertido en parte de mi familia. Quiero convencer a Nico de que Irina se quede con nosotros.

—Creo que es momento de que hablemos —sentencia mi marido.

Asiento, él coge mi cara entre sus manos y me besa. Lo hace a menudo, y cada vez me gusta más. No he encontrado el momento para decirle lo mucho que lo amo, y es algo que me quema en la punta de la lengua, pero no quiero que sea bajo estas circunstancias.

—Roma también debería estar presente —le digo cuando nos encaminamos hacia el despacho—. Solo él.

Esto lo agrego cuando veo a Vittoria ponerse en marcha junto a nosotros. Ni de puta coña voy a hacer a esta perra partícipe de nada.

Nico no lo discute y sonrío triunfal, como si tuviera doce años, pero me da igual, me escoge a mí y no dudo en restregárselo cuando pasamos junto a ella y lo abrazo.

—¿Le vas a mear encima? Lo digo por apartarme por si salpica —suelta Roma en cuanto estamos en el despacho encerrados.

—Si no me da motivos…

Nico se ríe, pasa su brazo por mi cintura y me estampa contra su pecho mientras me besa de nuevo como si el mundo estuviera acabándose a nuestro alrededor.

—O paráis ya o me saco la polla y me hago una paja mirando el espectáculo —se burla Roma, y la risa que me entra hace que me separe y Nico le gruña.

Si algo he aprendido en todo este tiempo es que mi nuevo primo me ve como a uno más. No soy una mujer o un agujero donde meterla, es por eso que me he dado cuenta de que bromea conmigo con la misma soltura que con Nico o sus hombres, y eso me hace sentir integrada en esta nueva familia.

—Gracias por no presionarme para contaros lo que os voy a decir a continuación, necesitaba estar junto a Irina y descubrir antes toda la mierda de mi padre, más de la que ya sabía.

—*Ma perle*, nunca te voy a presionar para nada, y si alguien trata de hacerlo perderá su cabeza en el proceso.

Sonrío mientras veo a Roma poner sus manos juntas haciendo un corazón con sus dedos.

—Mi padre ha sido un cabrón desde que nací, solo que ansiaba tanto el apellido Farnese que se contuvo de serlo el tiempo suficiente como para hacer que mi madre perdiera la cabeza por él. Yo no sabía nada de lo que ocurría entre ellos hasta una noche en la que mi vida cambió.

Me despierto sobresaltada, mi corazón late con fuerza y me incorporo con rapidez en la cama. Escucho el ruido de cristales rotos y el eco de un grito que hace que mis piernas tiemblen. Me levanto con cuidado, tratando de no despertar a Ori, que duerme a mi lado, pero tengo miedo y no quiero hacer esto sola. Susurro su nombre, pero no hace falta mucho para que abra los ojos asustada. Ambas nos deslizamos fuera de la cama y nos dirigimos a la habitación de Nella y Fiore. Están despiertas, abrazadas la una a la otra, sus caritas pálidas por el miedo.

—Venid —les susurro—. Tenemos que ver qué está pasando.

Las cuatro avanzamos despacio por el pasillo oscuro, nuestros pies descalzos apenas hacen ruido sobre el suelo de madera. Nos detenemos junto a la escalera, justo a tiempo para escuchar otro grito. Es mamá.

Nos escondemos detrás de la barandilla, temblando. Desde nuestra posición, vemos el salón. Papá está allí, su rostro contorsionado por la ira. Mamá está de pie frente a él, con la mano en la mejilla donde papá la ha golpeado. Los restos de un jarrón roto están esparcidos por el suelo.

—¡No puedes seguir haciéndome esto! —grita mamá, su voz entrecortada por el llanto—. Yo te amo.

Papá no escucha. Está demasiado enfurecido. De repente, levanta el brazo y lo deja caer con fuerza sobre mamá. Ella tropieza y acaba en el suelo, sus ojos llenos de terror. Siento que el aire se me escapa del pecho y mis hermanas sollozan en silencio a mi lado.

—No podemos quedarnos aquí —susurro, pero mis piernas no se mueven—. ¡Tenemos que ayudarla! —me repito, tratando de reunir el valor.

Entonces, como si compartiéramos el mismo pensamiento, las cuatro salimos de nuestro escondite y corremos hacia mamá. Nos tiramos sobre su cuerpo adolorido, formando un escudo con nuestros pequeños cuerpos. Siento el calor de mis hermanas a mi alrededor, sus sollozos mezclándose con los míos.

Papá grita algo, pero las palabras se pierden en el caos. Levanta el puño de nuevo y lo deja caer, esta vez sobre nosotras. El dolor es agudo y rápido, como una llama que me quema la piel. Pero no me muevo. No puedo moverme. Mi única preocupación es proteger a mamá.

Fiore, con apenas cuatro años, llora con fuerza, su cuerpecito temblando bajo los golpes. Nella intenta abrazarla, sus propios sollozos ahogados por el miedo. Ori y yo nos aferramos a mamá con todas nuestras fuerzas, nuestros cuerpos formando una barrera, un último intento desesperado de protegerla.

Papá sigue golpeándonos, su furia ciega y sin control. No entiendo cómo alguien puede ser tan cruel, cómo puede lastimarnos así. Pero no tengo tiempo para pensar. Solo quiero que pare.

En medio de los golpes, escucho el sonido de una sirena en la distancia.

«Por favor, que sea la Policía», rezo en silencio. El sonido se acerca, y al fin papá se detiene. Respira con dificultad, su rostro rojo por el esfuerzo. Nos mira, sus ojos vacíos de emoción.

Las luces azules y rojas parpadean a través de las ventanas y la puerta principal se abre de golpe. Dos policías entran corriendo y papá retrocede, levantando las manos en señal de rendición. Uno de los agentes lo detiene mientras el otro se acerca a nosotras.

—¿Están bien? —nos pregunta con voz suave, aunque su mirada está llena de preocupación.

No puedo responder, solo soy capaz de aferrarme a mamá, esperando que todo esto sea un mal sueño del que despertaré pronto.

Los policías nos ayudan a levantarnos y nos llevan a un lugar seguro. Nos aseguran que todo estará bien, que papá no podrá hacernos daño nunca más. Pero mientras me llevan lejos, no puedo dejar de mirar a mamá, que yace en el suelo, su rostro cubierto de lágrimas y moretones.

Nos acomodan en el sofá y un paramédico comienza a revisar a mamá. Nosotras nos quedamos cerca, nuestras manos entrelazadas, temblando de miedo y frío. Miro a mis hermanas, sus ojos llenos de preguntas sin respuesta, y me doy cuenta de que, aunque estamos heridas y asustadas, tenemos algo que papá nunca podrá quitarnos: nuestra unión.

Mamá nos mira con dificultad, sus labios formando una débil sonrisa a pesar del dolor.

—Todo estará bien —nos dice con voz débil—. Lo prometo.

—Pero no lo estuvo, ella no lo denunció, los policías y paramédicos de esa noche desaparecieron y nadie vino a ayudarnos. Tardé algunos años en entender cómo puedes dejar que alguien te haga algo así, incluso después de que ella muriera no lo comprendía.

—Hijo de puta sádico —sisea mi marido.

—Mi padre es inteligente, ha logrado torturarnos sin que nadie lo sepa, ni siquiera mi tío, su hermano, que nos adora por encima de todo.

—¿Qué os hizo? —pregunta Roma, y sé que está interesado en Ori.

—Hubo palizas, días sin comer, amenazas…

—¿Por qué no salisteis de allí?

—No es tan fácil, él es un Farnese, aunque sea de pega, y nosotras solo mocosas de la mafia. Es por eso que Ori y yo decidimos que esto no podía seguir así e ideamos un plan para matar a nuestro padre.

—¿Cuál era el plan? —inquiere Nico.

—Encontrar maridos a los que poder dirigir para que cuando lo matáramos no quedáramos expuestas y poder proteger a Fiore y a Nella.

—Por eso es entonces —murmura Roma, pero no entiendo a qué se refiere.

—Bueno, pues tu padre va a morir esta semana —suelta Nico, y niego con la cabeza.

—No, no puede ser así, hay que destaparlo, hacerlo caer a lo más bajo para que nadie le ayude ni tome represalias.

—Si es por protección te aseguro que tú y tus hermanas no tenéis nada que temer —afirma Nico.

—Lo sé, pero créeme, tiene que ser como te explico.

Paso a contarles todo lo que hemos planeado. La forma en la que vamos a hacer que el imperio de mi padre caiga y los motivos por los que una muerte rápida no son una opción.

Finalmente están de acuerdo conmigo, esto no es algo que pueda ejecutarse a la ligera, no solo quiero verlo caer y que sufra, también quiero que sus posesiones no se repartan entre los carroñeros, soy una Farnese y nadie va a quitarnos lo que es nuestro.

—Adelante —dice Nico cuando se oyen tres golpes en la puerta.

Vittoria entra y no me mira, va directa a mi marido y le entrega un sobre abierto, cuando veo que lleva mi nombre me cabreo.

—¿Por qué demonios tienes un sobre abierto con mi nombre escrito?

—Por respeto a mi jefe, uno que parece que tú no tienes.

Su respuesta me hace ir hacia ella dispuesta a arrancarle ese pelo rojo, pero antes de hacerlo Nico se interpone.

—¿Qué es esto? —pregunta, enseñándome una tarjeta que parece la llave de un hotel y una nota.

—«He reservado la habitación del último día. L» —leo sin entender nada.

—¿Y bien? —inquiere Nico.

—No lo sé, es el hotel en el que estuve en el *spa* con Ori cuando vino.

—Así que sabes cuál es.

—Sí, te acabo de decir que estuve con Ori allí.

Vittoria se posiciona junto a Nico con una sonrisa triunfal que voy a borrarle de un guantazo.

—Debe haber una explicación —me defiende Roma, y si no fuera por la situación lo abrazaría.

—La única que veo es que la mujer de mi jefe es una vulgar puta después de todo.

En ese momento mi visión se vuelve roja y me lanzo contra ella.

Capítulo 35

Seren

El primer puñetazo no se lo espera y lo disfruto como una jodida psicópata. Puedo darle dos más y esquivar uno antes de que Nico y Roma nos separen. Verla en sus brazos, aunque sea para separarnos, me está haciendo querer clavarle un cuchillo a cada uno.

—Primita, calma.

—No hasta que le ponga los dientes de adorno en su puto culo —gruño. Luego señalo a Nico—. Y tú más vale que la sueltes si no quieres correr la misma suerte.

—No te pongas a la defensiva o va a parecer que eres culpable —se burla Vittoria, y Roma tiene que sujetarme otra vez porque quiero matarla.

—Todos fuera, ¡ahora! —ordena Nico, y disfruto de ver la mirada de miedo de Vittoria al pasar por mi lado.

—¿Vas a dejar que me hable así? —le pregunto en cuanto la puerta se cierra.

—Quiero saber quién es él —insiste con la tarjeta del hotel en la mano.

—¡No. Lo. Sé! —le grito, ya harta de esta situación.

—Está claro que te conoce como para saber dónde has estado, quizás lo mejor es que no salgas de casa hasta que…

—No me vas a encerrar —le corto—, no soy un perro ni tú mi dueño. No he cambiado la prisión de Palermo por una en Catania —le aclaro.

—No es eso a lo que me refiero, pero hasta que sepa quién es el hombre que…

—¿Tan importante para ti es saberlo? —le interrumpo de nuevo.

Su silencio hace que se me parta el corazón y tomo una decisión.

—*Ma perle.*

—*Ma perle* mis ovarios, ¿quieres saber quién es? Bien, voy a averiguarlo, y después tú y yo vamos a tener una conversación sobre lo que va a pasar de ahora en adelante en este matrimonio, si es que queda algo de él para cuando todo esto acabe.

Veo el *shock* por mis palabras en sus ojos y no dudo en aprovechar el momento para coger la tarjeta de entre sus dedos y largarme de allí.

Para cuando Nico reacciona, ya estoy en la planta de abajo.

—¡¿Dónde vas?! —grita desde lo alto, y lo ignoro.

—Ni se te ocurra tratar de detenerme, Roma —le aviso cuando lo veo dirigirse hacia mí.

—Tu bolso, tu móvil y las llaves del coche que está en la puerta —dice, entregándome todo.

—¿Por qué? —atino a preguntar sin dejar de andar hacia el exterior.

—Porque sé que no harías algo así, y él también, pero es la primera vez que ama a alguien con la intensidad que te ama a ti y no tiene ni idea de cómo manejar esos sentimientos.

—¿Hablas por experiencia?

—Puede —contesta con una sonrisa y encogiéndose de hombros.

Me subo al coche y veo a Nico aparecer por la entrada.

—Te juro que no hay nadie más que él.

—Lo sé, primita, yo lo distraigo y tú corres.

Sonrío, cierro y acelero el deportivo que Roma me ha preparado. Soy consciente de que los hombres de Nico me dejan pasar, no sé si por órdenes de Roma o porque me quieren ayudar. En todo caso, lo tomo como un apoyo y salgo de aquí lo más rápido que puedo.

Tengo que poner el GPS porque no conozco la ciudad, y soy consciente de que este coche tiene un chip de rastreo, así que voy justo donde quieren que vaya: al hotel donde se supone que me reúno con mi amante.

Cuando llego, le doy al aparcacoches las llaves y entro directa a la zona de *spa*. La chica me reconoce y me saluda, le dejamos una buena propina. Le miento diciendo que perdí un pendiente y mientras se va a buscarlo dentro me deslizo por la zona de masajistas para acabar en lo que parece la lavandería. Luego salgo por la puerta trasera del hotel cinco estrellas y paro un taxi.

Lo siguiente que sé es que las lágrimas apenas me dejan ver mientras marco el número de Ori.

—Te necesito —le digo antes de romper a llorar.

—¿Qué pasa? ¿Estás bien?

—No, ¿puedes venir?

—Estoy saliendo, dame un par de horas, ¿dónde nos vemos?

—No lo sé, llámame cuando estés cerca y te digo.

Al pasar por una plaza casi vacía con algunas mesas en la terraza le pido al conductor que pare y le pago en efectivo, gracias a Roma puedo hacerlo. Le debo una enorme.

Me tomo una tarta y un batido de fresa mientras espero a mi hermana, me calmo y limpio el desastre que ahora es mi maquillaje y trato de no pensar. Unas niñas en la plaza juegan riendo con unas muñecas. Sonrío, me recuerdan a mis hermanas y a mí.

Paso el rato mirándolas y pensando en lo afortunadas que son por no saber lo que es ser una adulta todavía.

Le mando un mensaje a Ori y me quedo esperando que llegue. Escucho el rugido del Dodge entrando por la calle y sé que es ella, y como si fuera una niña empiezo a llorar de nuevo.

Ori aparca y sale corriendo para abrazarme, lo hace sin dejar de repetirme que va a matar a quien me ha hecho daño; la forma en la que describe la tortura me hace reír.

—Gracias por venir —le digo una vez que logro calmarme de nuevo.

—Ahora, ¿puedes contarme qué ha pasado para que estés así?

Le hablo de la llave, ella ya sabe sobre los ramos, también le cuento que Vittoria parece disfrutar de todo esto y que me avergüenza ser una celosa patológica, pero no puedo evitarlo.

—Tienes motivos para estarlo, Roma me contó que esa perra le dijo a Nico que podría tener un hijo con él si se lo pidiera.

—Hija de…

Me callo porque hay unas crías demasiado cerca y no quiero que escuchen estas malas palabras.

—Sabes, lo peor es que él no me haya creído, y casi diría que ella le está metiendo mierda en la cabeza —confieso—. ¿Estoy loca?

—No más que antes —contesta, y sonrío—. Sabes, tu marido necesita darse cuenta de que, por mucho que te haya comprado, no es tu dueño.

Me sorprendo al caer en la cuenta de que no recordaba que él había pagado por mí, quizá no debería haberlo olvidado; después de todo, parece que Nico no lo ha hecho.

—Creo que necesito alcohol —murmuro.

—Esta sí que es mi hermana, dame un momento y localizaré dónde podemos cenar y después bailar un rato para que te olvides del gilipollas de mi cuñado.

—No quiero follarme a otro —le aclaro.

Puede que sea un imbécil, pero lo amo, de momento al menos.

—No hace falta que te tires a nadie, solo liberar tensiones bailando y bebiendo conmigo.

—Hecho.

Dejo que Ori organice todo, no solo nos consigue ropa y zapatos, también tiene cita con maquilladora y peluquera que nos dejan como si fuéramos a un evento privado.

Si hay algo bueno que tiene mi hermana es que sabe hacer las cosas, y siempre suele llevar efectivo para no dejar rastro. Es la más inteligente de las cuatro sin ninguna duda.

Cenamos en un lugar pequeño que sale en Google, lo lleva una pareja que llevan cincuenta años casados, según nos cuentan, y no puedo evitar sentir una punzada de envidia.

Una vez terminamos, Ori me convence de ir a una discoteca de moda. No tengo ninguna gana, la verdad, quiero ir a un hotel, meterme en la cama y llorar, pero eso no es algo que me vaya a permitir hacer, así que me ajusto las tetas en este vestido y desfilo por la puerta hasta dentro.

El lugar está lleno y nos cuesta llegar a la barra, una vez que estamos allí tengo la suerte de que hay un taburete libre y me siento. Pedimos un par de copas que nos acabamos demasiado rápido, la verdad es que aquí apenas las cargan. Las siguientes nos invitan dos chicos que tratan de ligar con nosotras, pero cuando empiezan a ponerse sobones mi hermana los despacha. Tras la tercera, Ori tiene que ir al baño y yo me encargo de ir pidiendo la cuarta.

Después de darle un par de tragos, empiezo a notar que algo no va bien.

—Perdona, no quiero asustarte, pero he visto como el camarero ha echado algo en la bebida —dice un hombre a mi lado—, con tanta gente no he podido avisarte.

—¿Qué?

Mi cerebro está algo confuso.

—Soy policía, ya he llamado a los compañeros para que vengan a arrestarlo, si te parece bien, te ayudo a salir fuera para tratar de bajar la droga que te hayan metido en la copa.

—Ori.

—¿Oír? Sí, te oigo, ven, acompáñame.

No me ha entendido.

El hombre, que debe ser de mi altura sin tacones, me ayuda a bajar del taburete. Me dirige por la multitud apartando a todo el mundo. Está siendo delicado conmigo y agradezco que se haya dado cuenta.

Salimos fuera y espero ver los coches patrulla, allí no hay nada, no estamos en la entrada principal, sino en un callejón. Mierda.

—Quiero volver dentro —logro balbucear.

—Lo siento, Serenella, te vienes conmigo.

Antes de que pueda darme cuenta, mi mundo se vuelve negro y mi cuerpo cae al suelo.

Capítulo 36

Nicola

Veo a Roma entrar en mi despacho, con el labio partido por la pelea que hemos tenido antes. Es lo bueno de nuestra relación, sacamos la mierda y después seguimos como si nada.

—¿Vas a terminarte toda la botella? —pregunta, sentándose en la butaca frente a mi escritorio.

Llevo toda la noche bebiendo, Seren no contesta y el solo pensar que no va a volver hace que quiera romper cosas.

—Si acabo en el hospital será tu culpa, por ayudarla a marcharse —le gruño.

—Lo volvería a hacer, pegas como un bebé —se burla, y sonrío; es el efecto que tiene Roma.

—Sé que la he jodido, pero no puedo evitar sentirme como lo hago —le confieso.

—Lo sé, pero tienes que confiar en ella.

—Lo hago, te juro que lo hago, lo que me aterra es que se dé cuenta de que puede encontrar algo mejor.

Pues ya está, ya lo he dicho.

Roma me mira y no me juzga, nunca lo hace, tampoco se burla porque sabe lo difícil que es para mí reconocer esto.

—No te preocupes, creo que ella está tan pillada por ti como tú por ella.

—Todavía no me ha dicho que me quiere.

—Normal, has sido un gilipollas, bastante que no te haya rajado y metido una manguera. —Se ríe, y yo con él.

—Es una mujer excepcional, ¿verdad?

—Sí, las Farnese parece que son una especie diferente.

Y en sus ojos veo que no habla solo de mi mujer.

—¿Quieres una copa? —le ofrezco, y él niega con la cabeza.

—No dejo de pensar en tu suegro, en la mierda que les habrá hecho pasar a las chicas y en todo lo que no sabemos.

—Tullio es hombre muerto, aunque todavía no lo sabe —le aseguro.

—Seren está con Ori, me mandó un mensaje, así que no te preocupes demasiado.

Pasamos a otro tema lejos de mi familia política, y sé que lo hace para no dejarme pensar.

—Los envíos están listos —comienza Roma, su voz grave resuena en el silencio del despacho—. Tenemos un cargamento de armas que debe salir mañana y tres lotes de drogas que necesitan distribución inmediata. Los contactos en el puerto están sobornados, pero siempre hay un riesgo. ¿Cómo quieres manejarlo?

La pregunta flota en el aire, pesada y cargada de implicaciones. En este negocio, cada decisión puede marcar la diferencia entre el éxito y el desastre. Miro a Roma, confiando en su capacidad para ejecutar nuestras órdenes con precisión y sin vacilación.

—Necesitamos dividir las tareas —respondo, mi mente trabajando a toda velocidad—. Yo me ocuparé del cargamento de armas. Quiero que te asegures de que los lotes de drogas lleguen a su destino sin contratiempos. Utiliza a nuestros mejores hombres y mantén un perfil bajo. No podemos permitirnos atraer la atención.

Roma asiente, su expresión es dura y calculadora cuando hablamos de trabajo. Puede parecer un payaso con pistola, sin embargo, es una de las personas más inteligentes que conozco y le encanta que lo subestimen.

—¿Qué hay de los contactos en la aduana? —pregunta, su tono indica que ya tiene en mente a quiénes eliminar si las cosas se complican.

—Ya están comprados —le digo, sintiendo un leve alivio—. Pero sigue atento. Si notas cualquier movimiento sospechoso, actúa de inmediato. No podemos permitirnos errores. Tullio nos ha dado sus contactos, pero no termino de fiarme de ellos.

Mi suegro ha mantenido su palabra respecto a los negocios que me corresponden por casarme con su hija, sin embargo, es un hombre al que le gusta el poder y no sé hasta qué punto está dispuesto a cederlo. Le he dejado a Vittoria toda la negociación porque no creo que pueda hacerlo yo sin pegarle un tiro. No podía antes, y menos ahora que sé todo lo que le ha hecho a mi mujer y a sus hermanas.

—¿Has hablado con Giulano? —pregunta Roma.

—¿El hermano de Tullio? No, no ha vuelto todavía de su viaje de negocios.

—¿No te parece raro que no fuera invitado a vuestra boda?

—Un poco, por lo que tengo entendido, se lleva muy bien con las chicas, supongo que el trabajo era más importante.

—No sé, aquí hay algo raro.

Si Roma sospecha es que sabe algo o lo intuye. Le doy carta blanca para investigar lo que quiera, total, aunque no lo hiciera no iba a hacerme caso.

Cuando el reloj marca las tres de la mañana es hora de acostarnos. Me duele le cabeza por el *whisky* y sé que no voy a pegar ojo hasta que mi mujer regrese.

El teléfono del despacho suena cuando estamos a punto de salir, y nos miramos extrañados.

—La señorita Oriana está llegando a la puerta —me avisa uno de los hombres que está en la entrada y, antes de que pueda colgar, Roma ya está bajando.

Lo sigo y veo a mi cuñada bajar del coche sola.

—Algo le ha pasado a Seren —nos dice preocupada, y comienza a soltar frases incoherentes que no logro entender.

—Cálmate, Ori —le pide Roma—, cuéntanos qué ha ocurrido.

Nos explica todo lo que han hecho desde que ha salido mi mujer de aquí. No puedo evitar querer pegarme un tiro cuando la escucho contar que ella ha llorado por mi maldita culpa. Joder.

También que han salido a bailar sin escolta, eso me cabrea, aunque pueden defenderse no dejan de ser un objetivo para idiotas que creen que pueden hacer algo en mi contra o la de su padre a través de ellas.

—Entonces, he salido del baño y no estaba. No la he encontrado en la pista de baile ni en la barra. Incluso he salido al coche por si estaba tomando el aire y nada.

—Vale, vamos a encontrarla —le aseguro.

—Hay algo más —murmura, y me mira—. El de la puerta me ha dicho que la ha visto irse abrazada a un hombre.

Mi mundo cae a mis pies y siento que mi alma se rompe.

—Bueno, supongo que no hay que buscarla entonces —comento tratando de respirar porque imaginarla con otro hace que me cueste tomar aire.

—No, ella no es así, no se iría con nadie, créeme.

Camino por la sala porque ahora mismo ya no sé qué pensar.

—Nico —llama mi primo—, tenemos que encontrarla y aclarar qué está pasando.

—Por favor —me ruega Ori, y asiento.

Levanto a todos en la casa, aunque sé a quién tengo que pedir ayuda. Voy al cuarto que ocupa Vittoria y llamo varias veces hasta que se despierta y me abre en camisón.

—¿Qué ocurre?

—Necesito que hables con tus contactos, los que te contaron que mi mujer me es…

—*OK*, ahora mismo, ¿qué necesitas saber?

La pongo en situación y no duda en ayudarme. La dejo mientras se viste y regreso al salón, donde Ori no deja de llamar al teléfono de Seren, que da apagado en todo momento.

¿Y si le ha pasado algo?

¿Y si está con un hombre?

Ninguna de las dos opciones me parece buena.

Cuando Vittoria aparece, su cara me dice que no trae buenas noticias y solo rezo por que ella esté bien.

—Mis contactos están localizándola, pero antes quiero que veas unas imágenes que han conseguido del local donde ha desaparecido.

Me acerco para ver las fotos en la *tablet* y lo que me muestra hace que me hierva la sangre. Seren está tomando copas con algunos hombres, varios, en cada imagen que veo está con uno diferente, y les sonríe.

Gruño.

—Eso está sacado de contexto, perra —sisea Ori al verlas.

El teléfono de Vittoria suena, y por lo que escucho tiene el paradero de mi mujer.

—Está en el Hostal Bolaris —me informa.

—Quédate aquí —le ordeno a mi cuñada—. No hagas esto más jodido de lo que va a ser.

Miro a Roma y mi primo se pone de mi parte, la coge por detrás para evitar que salga tras nosotros cuando nos montamos en el coche.

Davide conduce, Salvatore va de copiloto y yo estoy con Vittoria en la parte de atrás, deseando que no sea lo que parece.

Dejamos el coche en la puerta, es un lugar que da literalmente asco. Está viejo, sucio y ni siquiera hay alguien en la recepción. Entramos y vamos hasta la habitación que le han dicho los contactos de Vittoria que está mi mujer.

Dudo entre llamar o no, a la mierda.

Abro la puerta de una patada y lamento que mis tres acompañantes no se hayan quedado en el coche.

—Seguro que esto tiene una explicación —murmura Salvatore mientras yo cojo el arma que llevo en la funda de mi pecho y observo a mi mujer, dormida y sin ropa, en los brazos de otro hombre.

Capítulo 37

Seren

Un ruido hace que me despierte, aunque me cuesta abrir los ojos. La luz se enciende y siento que voy a vomitar. Tengo la boca seca, el estómago revuelto y me duele la cabeza.

Mierda, me han drogado.

Logro terminar de abrir los ojos, aunque mi mente todavía está nublada. No es la primera vez que me drogan, sin embargo, nunca habían logrado llevarme.

Retazos de la noche vienen hasta mí: la discoteca, la música, la copa, el chico ayudándome… No, él no me ayudó.

Un carraspeo llama mi atención y miro hacia donde lo he oído. Nico me observa desde la puerta, está rota. Vittoria a su lado. Davide y Salvatore detrás.

Un movimiento a mi lado hace que me dé cuenta de que no estoy sola en la cama, hay un hombre, el que me sacó de allí. Noto su brazo sobre mí y lo aparto. Nico sigue mirándome con odio, no lo entiendo.

—Lo siento, Nicola —escucho a Vittoria, y entonces comprendo la situación.

Él cree que estoy aquí por mi propia voluntad.

—Seren —gruñe, y ahora no estoy para aguantar esta mierda.

Levanto la mano para que se calle. Logro sentarme y veo al chico a mi lado pálido, creo que no tiene ni puta idea de dónde se ha metido, ni que debería tenerme más miedo a mí que a él.

Reviso mi cuerpo mentalmente. Aunque estuviera inconsciente, notaría algo si me hubiesen violado, ¿no? Creo que no me ha tocado, mi ropa interior sigue puesta, bragas y sujetador, el resto de lo que llevaba está en el suelo roto.

Voy a matarlo por joder ese precioso vestido que mi hermana me consiguió.

—Seren —vuelve a gruñir mi marido, y le doy una mala mirada mientras trato de levantarme.

Me siento mareada y necesito ir al baño.

Cuando logro estabilizarme, entro a lo que alguien puede calificar como aseo. Está sucio, el suelo pegajoso y tengo dudas de cuándo fue la última vez que se limpió el váter. Aun así, no aguanto más.

Veo un vaso de plástico sobre el lavabo, *amenites* lo llaman. Lo cojo y como puedo lo meto entre mis piernas mientras hago el Spiderman para mear sin tocar la taza.

El líquido caliente cae en el vaso y sobre mis manos. Da un poquito de asco, pero nada que no haya hecho antes para unos análisis.

Una vez que termino, me lavo bien las manos, gracias a Dios hay jabón, y luego salgo.

Nicola, Vittoria, Salvatore y Davide siguen parados en el mismo sitio. Si alguien me preguntara ahora, diría que mi marido está a punto de explotar, creo que por eso ninguno de sus acompañantes se ha movido ni un milímetro. Tengo dudas de que respiren siquiera.

El tipo de la cama se tapa y tampoco habla, como si por eso ya no pudiéramos verlo.

Camino hasta una silla donde veo los pantalones del chico y dejo el vaso en la mesa de al lado. Busco y hay una cartera, menudo gilipollas.

—Esto me lo quedo, te voy a encontrar —lo amenazo.

Ahora no estoy en condiciones de hacer todo lo que quiero con él.

Cojo el vaso y me dirijo hacia la puerta, una que está totalmente ocupada por mi marido, el cual luce peligroso y *sexy* a partes iguales.

—Sé lo que parece y sé lo que es —comienzo—, pero no te has ganado que te lo explique. Toma este vaso, es la única información que vas a obtener de mí.

—Seren —gruñe en un tono bajo que podría hacer que se meara cualquier hombre, pero yo soy una mujer.

—Apártate, y no es una petición.

Salvatore es quien coge el vaso y veo en su cara que le da un poquito de asco. Nico se quita su americana y me la echa por encima. Le dejo que me la ponga, meto mis brazos en sus mangas y el olor a Nico me envuelve.

—¡Seren! —escucho la voz de mi hermana en el pasillo, y la veo seguida de Roma.

—No la he podido contener —le explica a Nico, y entiendo que no la ha traído porque sigue pensando que tiene derecho a decidir sobre lo que hacemos o no.

—Estoy bien, ahora te cuento —le digo a mi hermana, abrazándola y pasando entre el muro de músculos de la puerta.

—¿A dónde te crees que vas? —ruge Nicola cuando Ori y yo empezamos a caminar hacia las escaleras para salir de este hostal apestoso.

Me vuelvo y camino hasta él, estoy en ropa interior con solo su americana como resguardo, el tacto de mis pies descalzos sobre la moqueta me hace querer vomitar, eso y la droga que todavía tengo en mi sistema.

—Voy a tu casa a recoger mis cosas y largarme, lo siguiente que vas a saber de mí será a través de los abogados de divorcio. Que te jodan, Baglioni.

Capítulo 38

Nicola

Veo a Seren irse y mi instinto es seguirla, seguirla y obligarla a retirar lo que acaba de decir, porque sí, incluso si me hubiera engañado la seguiría amando, así de jodido estoy.

—Déjala marchar, tienes cosas que pensar antes de seguir cagándola —me retiene mi primo, y aunque me cueste la vida le hago caso.

—Ve con ellas —le ordeno a Davide, y no vacila en correr para alcanzarlas.

—¿Qué hago? —le pregunto a Roma una vez que Salvatore y Vittoria entran en la habitación donde está el hombre que tenía a mi mujer desnuda entre sus brazos.

—Piensa, pero hazlo de verdad, con el cerebro que sé que tienes.

—¿A qué te refieres?

—Todo esto es mierda —dice, señalando a su alrededor—, pero no te voy a ayudar, necesitas verlo por ti mismo. Solo te voy a pedir que seas rápido porque, si Seren sale de tu casa, no creo que vuelva a entrar.

—Nuestra casa —lo corrijo.

Roma entra en la habitación y me quedo en ese asqueroso pasillo mal iluminado mirando hacia donde he visto a Seren la última vez.

Trato de pensar en todo lo que ha pasado con esto de las flores. Repaso en mi mente cada momento relacionado y tengo que respirar para no ir dentro a pegarle un tiro a ese tío.

No paro de volver al instante en que he visto a Seren, con el conjunto de ropa interior que yo mismo le compré hace unos días, tumbada en la cama con ese hombre.

Lo visualizo y, como si estuviera buscando errores, caigo en la cuenta de algo. La ropa de ella está en el suelo rota, como si la pasión les hubiera vencido, sin embargo, sus bragas y su sujetador estaban intactos. Ella no es de las que necesite volver a vestirse después del sexo, lo sé porque he dormido a su lado, con su cuerpo desnudo contra el mío.

Me doy cuenta entonces de su gesto, lo del pis, creía que era para justificar el alcohol que había bebido, pero no, cuando me ha dicho que me joda he visto sus pupilas dilatadas, demasiado.

Mierda.

No.

Joder.

La han drogado.

Entro a la habitación y el tipo está terminando de vestirse bajo la atenta mirada de Salvatore y Roma. Vittoria observa a su alrededor.

—Nos lo llevamos, han drogado a Seren y él va a decirme quién ha sido —gruño.

—Bien, primito, empiezas a verlo todo con claridad.

Sí, lo hago, esto no ha sido más que una trampa en la que he caído como un imbécil, pero ¿quién querría joderme así?

Tengo que averiguarlo antes de que mate a este cabrón.

Camino fuera con Roma a mi lado. Salvatore lleva al chico, que no para de suplicar, cogido por el cuello. En un momento escucho un disparo, y al girarme veo a Vittoria con un arma y al hombre muerto.

—¿Por qué cojones has hecho eso? —gruño en la cara de Vittoria.

—Porque te ha faltado el respeto y tiene tanto miedo que dirá cualquier cosa con tal de librarse.

Respiro hondo, quería torturarlo, pero entiendo lo que quiere decir.

—Deshazte del cadáver.

Roma y yo volvemos a casa por nuestra cuenta. Al llegar, subo a la habitación justo a tiempo para ver a mi mujer salir con una maleta y su hermana.

—Apártate —me gruñe.

—Tenemos que hablar.

—Ya ha pasado ese tren —me asegura Seren.

Voy a acercarme, pero mi mujer me pone un cuchillo en la garganta, uno que no sé ni de donde ha salido.

—Se te ha acabado el tiempo, estoy harta de disculpas.

Voy a hablar y ella mueve ligeramente la cuchilla. Noto el hilo de sangre que sale al cortarme. Esto no es un juego, va en serio.

—¿Serías capaz de matarme? —le pregunto.

—Si eso sirviera para algo lo haría.

Veo en sus ojos una tristeza que me deja sin respiración y hago lo único que está en mi mano en ese momento para tratar de hacerla feliz, aunque a mí me rompa el alma. Así que me aparto y la dejo ir.

Capítulo 39

Nicola

Han pasado tres días desde que Seren salió por la puerta y no puedo soportarlo más. Necesito que vuelva, que me perdone, que entienda que soy un gilipollas, pero que soy *su* gilipollas.

—Tienes una pinta horrible, primito —dice Roma sonriendo como si el mundo no estuviera a punto de acabar para mí.

—Que te jodan.

—Oh, eso intento —contesta y me guiña el ojo.

Saco un arma y le pego un tiro, aunque no acierto por mucho. Supongo que el estar borracho no ayuda.

—Lárgate, tengo cosas que hacer.

Roma mira mis manos y ve que estoy tejiendo una muñeca que es sospechosamente igual que Seren.

—Eres adorable, pero tienes que sacar la cabeza de tu culo y hacer algo para que vuelva.

—¿Crees que no quiero hacer eso? Lo que no sé es como hacerlo. La he llamado y no coge el teléfono, tampoco contesta mis mensajes.

—Normal, has sido un idiota, pero te diré que ella no está mejor que tú.

Lo miro y mi corazón se acelera.

—¿Has hablado con ella?

—Nop, con Ori, que te odia profundamente, pero que sabe que su hermana es feliz contigo. Así que nos va a ayudar.

—¿A qué te refieres?

Roma mira su reloj y sonríe.

—Tienes dos horas antes de que tu mujer venga a partirme la cara.

—¿Qué has hecho?

—En realidad nada, pero sí que Ori le va a hacer creer que he sido un chico malo y sé que Seren va a venir a buscar venganza.

Me ducho para despejarme y espero a que Roma aparezca con mi mujer. Escucho los gritos antes de verlos en el pasillo de nuestras habitaciones.

En cuanto se acercan no lo pienso y meto mi hombro en su estómago, la alzo y la llevo a nuestra habitación mientras ella patalea.

Cierro la puerta, pero no me detengo ahí. Entro al vestidor, y tras unas corbatas, pulso un botón y se abre una puerta.

—¡Bájame! —grita Seren—. Te voy a matar.

La dejo en el suelo con cuidado, me giro y cierro la puerta.

—¿Dónde estamos?

—Es una habitación del pánico que he mandado construir.

Omito que lo hice porque me asustaba que pudiera pasarle algo mientras no estaba y que todavía no la han acabado, por lo que realmente no estamos encerrados, pero eso ella no lo sabe.

—Déjame salir.

—No hasta que me escuches.

—¿Para que puedas juzgarme de nuevo?

—No, para poder disculparme.

Me mira de soslayo y sé que tengo que encontrar las palabras adecuadas para que me perdone.

—Solo quiero que me dejes hablar, y después puede irte si es lo que quieres.

—Es lo que quiero —sisea.

—Concédeme este último deseo.

Me mira, se sienta en el sofá que hay en la pequeña estancia y se cruza de brazos.

—Sé que te drogaron, que no me has engañado y que todo lo del amante ha sido solo una trampa.

—Enhorabuena, ahora ya sabes lo que te he intentado decir desde hace días.

—Lo que no sabes, es que he estado tan acojonado de perderte que eso me ha hecho cagarla a lo grande. Que por primera vez he sentido que podía tener una familia y me ha dado tanto miedo que me he boicoteado yo mismo para no tener que soportar que me dejaras cuando te dieras cuenta de que no valgo nada.

Le estoy abriendo mi corazón y ella me mira con el brillo que tanto amo.

—Sé que he sido un gilipollas celoso controlador y no sé si podré mejorar —alza las cejas y lo aclaro—, en lo de controlador sí, en lo de celoso no lo tengo tan claro, te amo demasiado como para no tener claro que eres perfecta.

—No lo soy, y no quiero que me celes como si fuera una obra de arte guardada, quiero que me consideres alguien igual a ti.

—Y lo hago, de verdad, nunca he pensado ni por un instante que no puedas defenderte, eso no significa que me guste que tengas que hacerlo. Solo imaginar que te hacen daño me hace querer…

—¿Rajar a alguien y meterle una manguera en la tripa?

—Sí. —Sonrío.

—Lo hice por ti, porque sabía que hacerle daño a tu madre era hacértelo a ti, porque te amo demasiado como para no hacer nada cuando tratan de herirte.

—¿Qué has dicho?

Se queda callada, y juro que puedo oír los latidos de mi corazón, que está a punto de salirse de mi pecho.

—Que te amo, soy una idiota por hacerlo, pero te amo —confiesa, y me pongo de rodillas a sus pies.

Cojo su cara entre mis manos y ruego.

—Repítelo.

Me da una pequeña sonrisa y me hace caso.

—Te amo.

La beso, tratando de demostrar todo lo que siento y asustado de que no sirva para nada y me deje.

—Me has hecho daño —murmura contra mis labios cuando me separo, y apoyo mi frente en la suya.

—Y juro que no voy a tener vida para resarcirme, pero, por favor, déjame intentarlo, déjame demostrarte que esto puede funcionar.

—No lo sé.

Sus palabras me están matando por dentro.

—Solo una oportunidad más —le pido, y ella se lo piensa lo que a mí me parece una eternidad.

—Tendrás que demostrarme que vale la pena quedarse —dice, y sonrío porque no ha sido un «no».

—¿Entonces?

—Entonces te amo y quiero intentarlo, pero necesitas saber algo, si tengo que escoger entre quererte a ti o quererme a mí, no tengas dudas de que me elegiré siempre.

—Estoy de acuerdo, en ese caso, yo también te elegiré siempre.

Capítulo 40

Seren

Cuando salimos de ese cuarto del pánico, veo a mi hermana sentada en la cama y a Roma en una butaca donde suelo dejar la ropa. Cuando nos ven unidos por nuestras manos, ambos sonríen.

—Ten claro que cazaré tu culo si le haces daño —amenaza mi hermana, mirando a mi marido. Ya hablaremos luego de esta encerrona.

—Me parece bien —contesta, y se gira hacia Roma—. ¿Nada que añadir?

—Que yo la ayudaré —suelta, y me río mientras entiendo que ahora mi familia no se limita a mis cuatro hermanas.

Disfruto unos minutos de como Roma se mete con Nico y la forma en la que le dice que le va a grabar cada vez que se arrastre por mí. Ori está a mi lado, apoya la cabeza en mi hombro y suspira.

—Parece que para ti sí que va a haber un felices para siempre.

—No tienes que casarte, podemos trazar otro plan.

—Este es el más rápido, tampoco es que importe mucho con quién me case, ¿no?

Voy a replicarle cuando Ori cambia de tema, y, como la conozco, lo dejo pasar por ahora.

—¿Cómo te encontraron? —pregunta, y cuando Nico va a contestar su sonrisa se le borra de la cara.

—Hija de puta —sisea, y sale como alma que lleva el diablo.

—¿Qué pasa? —inquiero confundida.

—Creo que mi primo acaba de abrir los ojos.

Salimos y seguimos a Nico hasta abajo. Ya está amaneciendo y se dirige a la cocina. Para cuando llego, tiene a Vittoria cogida por el cuello, la está asfixiando.

—Fuiste tú, ¿verdad? Las flores, las notas… todo.

—No sé de qué me hablas —solloza, tratando de coger aire.

Roma se sienta en la encimera y se come una manzana sonriendo mientras los hombres de Nico, al igual que nosotras, no sabemos qué hacer.

—Debí darme cuenta, usaste nuestra amistad para hacerme daño —gruñe mi marido, y entiendo todo.

Fue ella la que orquestó esta mierda para separarnos.

—No la mates, no tiene sentido, prefiero que sufra —le digo, y él me mira.

—Llévala al sótano —le ordena a uno de sus soldados tras soltarla contra el suelo—. Y quiero que todos me prestéis atención.

Los hombres de Nico cambian de postura, como si estuvieran alerta, alguna mierda militar, supongo.

—Vittoria va a estar encerrada en ese sótano mientras mi mujer así lo decida —suelta mirándolos a todos, pero no a mí—, si ella la quiere torturar, lo hará; si quiere dejarla sin comer por días, lo hará. Para nosotros, esa perra de ahí abajo ya no es una de los nuestros, ¿entendido?

—¡Sí! —contestan todos al unísono, y entiendo que ha hecho esto porque al final, me guste o no, Vittoria era parte de esta familia.

Y de una forma retorcida me alegra ver que ellos me apoyan.

—Una cosa más —agrega, llegando a mi lado y cogiéndome en brazos—. Por las próximas cuarenta y ocho horas no me molestéis porque voy a demostrarle a mi mujer lo mucho que la amo, que no soy nadie sin ella y que espero que me dé el resto de mi vida para amarla.

Sonrío, asiento y lo beso.

Salimos de la cocina entre gritos y palabras obscenas que escucho mientras subimos las escaleras y, por primera vez, siento que todo es diferente, mejor, y que lo que empezó como un negocio ahora es el amor de mi vida.

Epílogo

Seren

Después de dos días de mucho sexo, nata y cosas que no voy a reconocer que le he untado a Nico, decido que es el momento de enfrentarme a Vittoria.

He ordenado que la alimenten a base de agua con azúcar solo, no sé qué voy a hacer con ella, tengo curiosidad por saber el color de su sangre, aunque puede que la deje con vida. Todo depende de lo mucho que me crea que está arrepentida.

—*Ma perle*, ¿necesitas ayuda? —consulta mi marido, besándome el cuello mientras me tomo lo que queda del batido de fresa.

—Creo que de momento no, pero te avisaré si quiero hacer un trío.

—¿Alguien ha dicho trío? —pregunta Roma, asomando la cabeza a la cocina.

Nona le tira un trapo a la cara y todos nos reímos.

—Espero que te comportes mejor cuando tu tía e Irina vuelvan, esa niña no necesita un idiota como tú cerca.

—Oh, querida Nona, no te preocupes, voy a ser su *tiito* favorito, o ¿es primito? —murmura, rascándose la cabeza—. Oye, Nico, ¿qué soy para Irina cuando la adoptéis?

Miro sorprendida por lo que acabo de escuchar y veo como Nico se lanza en una carrera hacia él. Roma sale disparado para ocultarse detrás de Nona.

—Eres un bocazas.

—Lo siento, primito.

—¿Es cierto? —pregunto, atónita aún por lo que acabo de escuchar.

—Sí —confirma Nico—, bueno, quería hablarlo contigo, si te parece bien, creo que podríamos, no sé, puede que no quieras y que…

—Claro que quiero tener una familia contigo, y empezarla con Irina me parece maravilloso.

—¿Empezarla? —se percata.

—Sí, quiero hijos, contigo, pero todavía no; aún tenemos que encargarnos de mi padre para eso.

—Estoy de acuerdo, *ma perle* —murmura contra mis labios y sonrío.

—Perdón por interrumpir, pero tu suegro está pasando por las puertas exteriores ahora mismo y llegará a la entrada en un par de minutos —dice Pietro, entrando a la cocina.

Roma, Nico y yo nos quedamos mirando extrañados. Mi hermana volvió ayer a casa y no me ha dicho que mi padre fuera a venir.

Acudimos a recibirlo, y cuando se baja del coche junto a dos guardaespaldas, Nico no duda en sacar su arma; Roma tampoco.

—He venido aquí en son de paz —aclara papá.

—Entonces, diles a tus perros que guarden sus pistolas.

—Lo haré si accedéis a devolverme a mi prometida.

No entiendo absolutamente nada.

—¿De qué hablas? —pregunta Nico.

—Vittoria Ascasi es mi prometida y, por lo que sé, la tenéis aquí retenida —suelta, y juro que mi cabeza está a punto de explotar.

—Ella ha hecho cosas que… —trato de explicarle, pero me corta.

—Me importa una mierda, entrégamela o empezaré una guerra, y las primeras en morir serán tus hermanas —me amenaza, y ahora es Roma quien le apunta a la cabeza.

Mi padre sonríe y no dudo en darle la orden a Pietro para que traiga a esa mujer. Cuando llega, corre a los brazos de mi padre como una dama en apuros y llora acurrucada contra su cuerpo. Huele mal, es lo que tiene dormir, comer y cagar en el mismo sitio, pero no me da ni un poco de pena.

—Esto no va a quedar así, suegro —sisea Nico.

—Claro que no, aunque piénsate bien lo que vas a hacer porque ya no eres el único yerno que tengo.

—¿A qué te refieres? —pregunto, dando un paso hacia él.

—A que Oriana será problema de otro dentro de un mes.

Agradecimientos

Esta locura del Mafiaverso comenzó en mi cabeza hace mucho tiempo y por fin la veo materializada. Gracias por darle la oportunidad y espero que te haya gustado.

Gracias también a mis lectoras cero, mi correctora, mi portadista y esas mujeres especiales que tengo en mi vida que la hacen más bonita.

Escribo esto sin saber si alguna bookstagramer será parte del proyecto, porque soy doña despiste y aún no las he contactado, pero incluso si no consigo interesar a ninguna GRACIAS A TODAS por la ayuda que nos brindáis a las escritoras y por darnos decenas de libros para añadir a nuestras listas de pendientes.

Y, por supuesto, gracias a mi hija, Lúa, que me está enseñando todo lo que puedo ser y solo tiene tres años. Ya os advierto, va a conquistar el mundo ;)

No cerréis el libro aún, en la siguiente página tenéis un adelanto del segundo libro.

Capítulo 1

Roma

Veo a Farnese subirse al coche después de ayudar a Victoria a hacerlo y espero, con los puños cerrados, hasta que se pierden en el camino de salida de la propiedad. Respiro hondo.

Una.

Dos.

Tres veces.

—Roma, relájate —me pide mi primo, y sé que no puedo hacerlo.

Me dirijo hacia las cocheras y cojo mi moto. Me pongo el casco y, mientras me enfundo los guantes, veo a Seren y Nico acercarse.

—No se va a casar —les digo para que entiendan que esa no es una opción.

No después de tener su primer beso, no después de tener su primera vez.

—Esa decisión no es tuya —me aclara mi nueva prima, y le gruño.

—Cuidado —amenaza Nico, y sonrío.

Es muy territorial con ella y lo entiendo, desde que apareció Ori en mi vida lo entiendo.

—Solo te pido una cosa —continúa Seren—. No le hagas daño, te quiero, pero por ella mataría sin siquiera mirar a la cara a quien se atreva a hacerle algo que la haga sufrir.

—Entonces, primita, ya tenemos algo más en común.

No dejo que replique, meto puño y salgo disparado en dirección a la casa de Ori. Es una mala idea, lo sé, me pego todo el camino pensándolo y, aun así, no me detengo ni doy la vuelta.

La noche en la que Seren fue subastada y mi primo la ganó, pasó algo con Ori, algo que hizo que me diera cuenta de que hay mujeres en nuestro mundo que toman las riendas de su vida, y ese fue el principio de todo.

Veo a las Farnese por toda la fiesta moverse con mucha soltura, están en su hábitat natural, se nota la elegancia de la mayor, también la inocencia de la que cumple años. La tercera parece ser poco sociable, y puedo decir que me divierte mucho la segunda, Oriana, ella no para de gruñir a todos los hombres que tratan de acercarse a su hermana mayor.

Veo a Franciscana, ¿o era Francesca? No sé, solo sé que es prima de estas y que me ha dejado follarle el culo. La evito porque creo que no ha entendido que esto ha sido cosa de una vez, me aburría y me ha parecido una buena forma de pasar el rato. Y desde que le quité la virginidad a una buena chica italiana porque ella no me dijo nada, casi que no me fio de usar esa puerta de entrada.

—Tú eres Roma, ¿no? —me pregunta Ori, sobresaltándome.

—Sí, supongo que tú eres una fan.

Rueda los ojos y sonrío.

—Más bien vengo a poner una queja por usar lugares como el armario para usos poco adecuados.

—No te tenía por una voyeur, ¿has disfrutado del espectacúlo?

Ella hace como que vomita y suelto una carcajada, lo que provoca que la prima mire en mi dirección, sonría, y se dirija hacia nosotros.

—Es tu culpa que me hayan descubierto, sácame de aquí —le exijo.

—¿Y qué gano yo con eso?

—¿También quieres una visita al armario?

—Argh, eres un cerdo. No, lo que quiero es poder hacerte una pregunta que tengo y que solo un hombre puede contestarme.

Sus palabras me intrigan y acepto sin pensarlo. Ahora el que quiere saber sobre sus inquietudes soy yo.

Ori me coge de la mano con total naturalidad y tira de mí hacia el fondo de la fiesta, detrás de una cortina hay una entrada a la cocina. Interesante.

Todo el mundo está demasiado ocupado como para fijarse en nosotros.

Me lleva hasta la despensa y veo que la prima acaba de entrar en la cocina, mierda.

—Creo que sabe dónde vamos —advierto, y Ori mira por encima del hombro, sonríe y sigue caminando sin soltar mi mano.

Llegamos hasta donde hay una estantería llena de hortalizas, todas en cajas, y para mi asombro tira de una de ellas y todo se mueve.

—No me jodas —susurro mientras veo como una puerta se abre, entramos y cerramos tras nosotros.

—Ahora silencio —me ordena Ori mientras abre una rendija y apaga la luz.

Veo a la prima entrar a la despensa y mirar por todos lados, luego da un pisotón en el suelo y sale de allí para seguir buscándome. Ori cierra la rendija y enciende la luz de nuevo.

—Parece que ha pasado el peligro, hora de pagar.

—¿Qué sitio es este? —pregunto, alucinando de donde me encuentro.

—Esta casa tiene muchos años, pertenece a los Farnese desde hace generaciones. Esta habitación se construyó para que los sirvientes pudieran esconderse, no es una habitación del pánico, pero si sabes estar callado no te descubren.

—Vaya, estoy impresionado.

—Y mudo porque este lugar no lo conoce casi nadie. Nos lo enseñó una de las cocineras que trabajaba aquí cuando mi madre murió.

—¿Tu padre no sabe de su existencia?

—Creo que no, o simplemente no le interesa porque jamás nos ha contado sobre él. Hay alguno más por toda la casa, mis hermanas y yo los usábamos para volver locas a las institutrices.

Me río porque imaginar a las Farnese siendo poco menos que perfectas me resulta divertido.

Miro a mi alrededor y me doy cuenta de que el lugar tiene polvo. No se usa de forma regular. Hay un sofá de tres plazas, una estantería con alguna lata llena de telarañas y varios libros infantiles. Supongo que estos últimos serán de las chicas.

Me dejo caer en el sofá y sonrío.

—Bien, tú dirás, ¿qué duda tienes?

Ori se queda de pie y me evalúa. No me tiene miedo ni tampoco siente vergüenza, simplemente me está haciendo un examen visual que hace que se me ponga dura. Joder, es poco más que una cría.

—Tengo veinticuatro —suelta como si pudiera leerme el pensamiento.

—No lo parece por los juguetes que te cuelgas —contesto, y ella toca el patito de goma amarillo que lleva en su cuello.

—Supongo que tienes envidia del tamaño de mi juguete comparado con el del tuyo.

Suelto una carcajada y ella me saca la lengua.

—A ver, chica del patito, ¿qué quieres saber?

—Esto debe quedar entre nosotros, si sale de aquí iré con el padre de mi prima Francesca y le diré que la has deshonrado y tendrás que casarte con ella.

—De acuerdo.

No es que su amenaza haga algo aparte de cosquillas sobre mi conciencia, es que tengo muchísima curiosidad por saber qué quiere preguntarme, le hubiera dicho que sí a cualquier cosa.

—Muy bien, allá va. ¿Es verdad que el interior de nuestra vagina está recubierto por el mismo tipo de tejido que el de nuestra boca?

Lo suelta y necesito unos segundos para entender lo que me está preguntado.

—¿Quieres saber si para nosotros es lo mismo meter la polla en la boca que en el coño?

Tuerce el gesto ante lo grosero de mis palabras, pero asiente.

—Básicamente.

—Pues básicamente sí, es igual, aunque nada que ver lo que puedes hacer con uno y con otro.

Se queda pensativa y sé que está dándole vueltas a esta información en su cabeza.

—Ok, gracias por la sinceridad. Volvamos a la fiesta.

Antes de que pueda darme cuenta, ella ha abierto la puerta y me espera fuera.

Me levanto y salgo de allí mientras una pregunta ronda en mi cabeza, y como mi cerebro es más lento que mi boca, pues la suelto.

—¿Eres virgen?

Ella se gira antes de salir de la despensa y asiente, sin ningún tipo de vergüenza.

—Sí, lo soy, y tampoco he besado nunca a nadie.

—No me digas que estás esperando a casarte y darle el pack completo a tu marido.

Ella se ríe.

—No, pero tampoco se lo voy a regalar a cualquier niñato que se crea que porque me compra flores tiene algún derecho sobre mí.

—¿Y cuál es tu candidato?

Ella se queda pensativa y sé que hay alguien en su mente, y no me gusta.

—El hombre al que le entregue mi primer beso será uno que me trate como a una mujer.

Sus palabras me sorprenden y encienden algo dentro de mí.

—Así que quieres a uno que rodee tu cintura con su brazo —doy un paso y lo hago—, te atraiga hacia él —la aprieto contra mi pecho— y baje su boca sobre la tuya mientras vuestras respiraciones se entrelazan.

Ahora mismo sé que está notando mi polla dura, y me da igual. Tengo a Oriana mirándome con cara de querer que siga, pero no soy tan mal hombre, no le voy a quitar su primer beso.

Al menos esa era la idea hasta que ella saca su lengua y la roza contra mis labios. Es algo mínimo, está experimentando, lo sé, lo veo en sus ojos verdes, y cuando da un segundo toque me olvido de que esto no está bien.

—A la mierda —gruño antes de bajar mi boca sobre la suya y meter mi lengua dentro.

Después de eso discutimos, no le hizo gracia, pero yo decidí que la quería en mi vida, como amiga, porque está claro que es lo único que podía tener con ella, ¿verdad?

Si quieres saber más de la historia de Roma y Ori no te pierdas el segundo libro, Promesas Secretas, disponible el 3 de diciembre y ya en preventa la edición especial.

Otras novelas del Mafiaverso

LA BESTIA SICILIANA
RACHELRP
ÉRASE UNA VEZ...
Con la mafia italiana
SUEÑOS ENTRE SOMBRAS
RACHELRP
ÉRASE UNA VEZ...
Con la mafia rusa
MÁS ALLÁ DEL MAR
RACHELRP
ÉRASE UNA VEZ...
Con la mafia turca
DETRÁS DE LAS MÁSCARAS
RACHELRP
ÉRASE UNA VEZ...
Con la mafia irlandesa

Descubre estas 4 novelas cortas en las que te sumergirás en la mafia a través de retellings de la Bella y la Bestia, Cenicienta, La Sirenita y la Bella durmiente.

Todas son independientes y autoconclusivas, puedes leerlas en el orden que quieras y en alguna encontrarás algún personaje que ya ha salido en esta novela. En otras verás personajes que aparecerán en los siguientes libros de esta serie.

Puedes conseguirlas todas en Amazon, te dejo el enlace justo debajo:

Made in the USA
Coppell, TX
02 January 2025